Samhain

Argraffiad cyntaf: Gorffennaf 1994

Llun y clawr blaen: Jonathan Ward
Llun awdur: Keith Morris

Rhif Llyfr Rhyngwladol: 0 86243 319 3

Argraffwyd a chyhoeddwyd yng Nghymru gan
Y Lolfa Cyf., Talybont, Ceredigion, SY24 5HE;
ffôn (0970) 832 304, ffacs 832 782.

Samhain

ANDRAS MILLWARD

y Lolfa

Pennod 1

Crogai'r haul yn isel dros fynyddoedd gorllewin Hyrcania, gan ddechrau lleddfu ar dymheredd crasboeth y diwrnod. Ymestynnai cysgodion y copaon yn raddol ar draws y gwastadedd tuag at y gweithwyr a oedd wrthi'n ddiwyd yn troi'r tir ryw ddwy filltir o'r pentref. Rhoddodd Elai ei gaib i un ochr a chodi i ymestyn ei gorff blinedig. Sgleiniai'r chwys ar ei gorff cyhyrog yn y machlud, a gwthiodd ei wallt hir, du o'i wyneb.

'Wedi cael digon?' meddai'r dyn wrth ei ochr, gan graffu ar Elai yn erbyn golau'r haul. Trodd Elai i edrych arno a chwerthin yn ysgafn.

'Do'n wir,' meddai, 'a dwi'n siŵr dy fod ti am droi tua thre hefyd, Haran. Mae bod 'ma ers toc ar ôl y wawr yn ddigon i unrhyw un.'

'Hyd yn oed i fachgen cryf fel ti, Elai? Byth!' Chwarddodd Haran a chodi o'i gwrcwd, a'r chwerthiniad yn troi'n ebychiad sydyn wrth iddo deimlo pwl o boen yn ei gefn. Ar amrantiad, roedd Elai wrth ei ochr ac yn ei helpu i godi. Cil-edrychodd Haran yn swil arno.

'Diolch, Elai,' meddai'n dawel. 'Fe rown i'r byd am gael bod yn ugain oed fy hun unwaith eto.'

'Nonsens,' atebodd Elai'n ysgafn. 'Blinder, 'na i gyd.' Gyda hynny, atseiniodd bloedd orfoleddus o ben pella'r cae ac, fel un dyn, ystwyriodd y gweith-

5

wyr yn ddiolchgar a dechrau paratoi i gerdded yn ôl yn flinedig tua'r pentref yn y pellter.

'Dyna ti,' meddai Elai, 'ro'wn i'n gwybod ei bod hi'n agos at amser gorffen.' Cododd ei gaib o'r llawr a gwisgo ei got o ledr garw. Taflodd Haran ei glogyn brethyn amdano a chodi ei arfau yntau a dilyn Elai.

'Mae'r tir bron yn barod ar gyfer y gaeaf,' meddai Haran, gan daflu golwg cyflym o'i amgylch. 'Ond yr un peth fydd hi y cynhaea' nesa – hanner y cnwd yn diflannu mewn trethi.'

Chwarddodd Elai. 'Does dim gwerth cwyno. Fyddwn ni ddim yn llwgu. 'Dyn ni ddim wedi gwneud ers i fi allu cofio.' Gostyngodd Elai ei lais. 'Ac mae angen y trethi ar y Tywysog Manog i gadw Hyrcania yn ddiogel,' ychwanegodd yn ffug-awdurdodol.

'Gwranda arnat ti heddiw, ar ben dy ddigon,' grwgnachodd Haran. Edrychodd Elai arno yn amheus, ond doedd yna ddim osgoi'r hanner gwên cellweirus ar wyneb Haran. Haran yn tynnu coes unwaith eto. Gwyliodd y gweithwyr eraill yn cilio i'r pellter, a rhoddodd bwniad ysgafn i Haran yn ei asennau.

'Dere mlaen, yr hen ddyn cwerylgar,' meddai. 'Mae'r gweddill yn ein gadael ni ar ôl. 'Sen i'n hoffi cyrraedd y pentre cyn iddi dywyllu.'

'O am fod yn ugain oed!' llafarganodd Haran, cyn gweld yr olwg ar wyneb Elai. 'Reit, reit, dwi'n dod, wir!' Chwarddodd Elai unwaith eto wrth i Haran brancio'n gomig tuag ato a cherddodd y ddau'n gyflymach tua'r pentref.

Yn wir, doedd bywyd ddim yn rhy ddrwg yn y

pentref er gwaetha'r gwaith caled oedd ei angen i dalu'r trethi. A chwarae teg, roedd milwyr y Tywysog yn cadw'r rhan hon o Hyrcania'n glir o ladron ac angenfilod; ni fu raid i ddynion y pentref godi eu harfau ers yn agos i ddeng mlynedd a'r tro hwnnw dim ond i helpu i glirio'r llanast wedi i'r milwyr ddifa nythaid o hobgoblynnau yn y bryniau cyfagos.

'Elai.' Roedd llais Haran yn dawel a thaer.

'Y? Beth?' gofynnodd Elai'n syn, ar goll o hyd yn ei feddyliau.

'Gwranda.' Cyrcydodd Haran y tu ôl i graig gan dynnu Elai tuag ato. Ymhen eiliad neu ddwy, clywodd Elai'r sŵn; sŵn chwerthin aflafar yn dod o rai llathenni i'r chwith, y tu hwnt i glwstwr o greigiau. O dan y chwerthin gallai glywed sŵn rhywun yn griddfan mewn poen.

Cododd Elai o'i gwrcwd a gafael yn ei gaib.

'A ble wyt ti'n mynd?' gofynnodd Haran, gan geisio ei dynnu'n ôl i gysgod y graig. Ymysgydwodd Elai'n ddiamynedd o'i afael.

'Dwi'n mynd i roi help llaw os oes angen,' meddai, gan gamu'n bwrpasol i gyfeiriad y sŵn.

'Ond efallai mai lladron 'yn nhw, fe gei di dy anafu,' dechreuodd Haran, ond anwybyddodd Elai ef gan symud yn ofalus tua chyfeiriad y sŵn. Roedd y tir o'i amgylch yn fryniog, a chreigiau wedi'u gwasgaru fan hyn a fan draw. Symudai Elai o un garreg fawr i'r llall yn gyflym. O'i flaen, yn y pellter, diflannai'r llwybr i'r pentref o amgylch tro; gwyddai Elai fod y llwybr yn dechrau disgyn o'r bryniau tua'r gwastadedd a'r pentref yn y fan honno.

Edrychodd Elai o'i amgylch yn ofalus, gan wasgu

ei hun yn dynn at y graig. Culhaodd ei lygaid a theimlai Elai ei dymer yn corddi wrth iddo weld Redal, un o fechgyn ifanc y pentref, yn gorwedd ar y tir garw, a'r gwaed ar ei dalcen i'w weld yn glir.

O'i amgylch roedd tri marchog. Gwisgent arfwisgoedd du o blatiau metel a chwarddent yn gras wrth watwar y bachgen, gan ei gicio ac esgus ei drywanu gyda'u cleddyfau. Wrth ymyl y graig, roedd ceffylau'r marchogion; a hywthau'n geffylau rhyfel cryf, roeddynt yn cario arfau'r marchogion, yn waywffyn, bwyeill a bwâu, yn hollol ddidrafferth.

Yno, ar graig wrth ochr y ceffylau, eisteddai pedwerydd marchog, a'i arfwisg yntau'n ddu ond, yn wahanol i'w gymdeithion a oedd wedi diosg eu helmedau, gwisgai ef ei helm yntau o hyd. Mwythai ben y ceffyl wrth ei ymyl, gan daflu golwg ar y marchogion eraill o bryd i'w gilydd.

Gwasgodd Elai yn erbyn y graig a'i galon yn curo'n galed. Sychodd ei ddwylo chwyslyd ar ei drowsus. Pedwar marchog! Doedd fawr o obaith ganddo yn eu herbyn. Byddai raid iddo geisio rhybuddio'r dynion eraill yn y pentref. Rhegodd dan ei anadl; byddai'n cymryd gormod o amser iddo gyrraedd y pentref a gallai Redal fod y farw erbyn hynny. Doedd ond un dewis ganddo, gwaetha'r modd, a wiw iddo fwydro drosto, rhag ofn iddo sylweddoli mor orffwyll ydoedd. Rhoddodd weddi fach i'r duwiau, cymerodd anadl ddofn a thaflodd ei hun o amgylch y graig gan sgrechian nerth esgyrn ei ben.

Rhewodd y tri marchog am eiliad, ac yn y saib honno hyrddiodd Elai tuag at y cyntaf a'i daro'n galed gyda'r gaib. Llithrodd pen y gaib oddi ar yr arfwisg gyda chrafiad metalaidd, ond trawyd y marchog oddi ar ei draed gan nerth yr ergyd. Cwympodd tuag yn ôl yn drwm, gan godi'r llwch oddi ar y llwybr yn gymylau bychain o'i amgylch.

Trodd Elai ar ei union i wynebu'r gweddill. Symudodd yr ail farchog yn chwim tuag ato a'i gleddyf yn chwibanu drwy'r awyr tua phen Elai. Crymodd Elai ei ben yn sydyn i osgoi'r llafn, ond gafaelodd y marchog yn ei wallt a chodi ei ben-glin yn giaidd i wyneb Elai.

Clywodd Elai grac wrth i'r ben-glin arfog daro'i wyneb a'i fwrw ar wastad ei gefn. Teimlodd y cyfog yn codi o'i stumog a goleuadau'n fflachio o flaen ei lygaid gan ei ddallu'n llwyr. Wrth i sŵn chwerthin amhersain y marchogion gyrraedd ei glustiau teimlodd boen ddirdynnol yn lledu ar draws ei wyneb, a'r gwaed yn llifo'n rhwydd o'i drwyn ac o'r clwyf yn ei foch.

Ymbalfalodd am y gaib a cheisio codi ar ei eistedd cyn derbyn cic wydlon i'w asennau a'i bwriodd ar ei hyd unwaith eto. Gwthiodd ei hun i fyny ar ei freichiau ond derbyniodd gic arall i'w wyneb a dyrnod i'w feingefn a'i gwthiodd yn fflat ar lawr.

Gorweddodd a'i wyneb yn y llwch gan ymladd am ei anadl trwy'r gwaed a oedd yn llifo'n ddi-baid o'i wyneb. Clywodd gri arall gan Redal, a'r tro hwn roedd y boen yn amlycach o lawer ynddi. Agorodd ei lygaid, ond ni fedrai weld dim ond cochni; yn ofalus, symudodd i geisio rhwbio'r gwaed o'i lygaid, ond ni fedrai weld dim o hyd.

Poerodd y gwaed o'i geg, gan geisio codi ar ei eistedd eto, ond clywodd sŵn traed yn dod tuag ato. Teimlodd ei hun yn cael ei godi ar ei draed gan

bâr o freichiau cryfion. Drwy'r niwl cochlyd o flaen
ei lygaid, gallai Elai weld wyneb un o'r marchogion
yn gwenu'n haerllug arno, cyn i ddyrnod i'w stum-
og chwythu'r gwynt o'i ysgyfaint. Tewhaodd y niwl
cochlyd . . .

. . . A chlirio yn ddisymwth! Teimlodd nerth an-
hygoel yn llifo drwy'i gorff a'r boen yn cilio ar un-
waith. Gafaelodd yn nwylo'r marchog syn a'u taflu
oddi amdano. Taflodd ei ben ymlaen yn chwyrn a
chlywed asgwrn trwyn y marchog yn torri dan er-
gyd ei dalcen, a chyn i hwnnw gael cyfle i ddadebru
taflodd Elai fachiad chwith am ei ben. Cysylltodd
dwrn Elai yn solet â'i arlais a throdd y marchog fel
top cyn disgyn yn swrth ac yn anymwybodol ar y
llwybr.

Cyrcydodd Elai ar ei union gan estyn am gleddyf
y marchog a theimlodd ei fraich yn ei daflu i fyny i
gwrdd â chleddyf yr ail farchog mewn cawod o
wreichion. Trodd ergydion y marchog i'r naill ochr
a'r llall, gan ei wthio tuag at y ceffylau. Troi, taro,
troi, osgoi – ac yna gwelodd agoriad a thrywanodd.
Teimlodd y llafn yn brathu corff y marchog rhwng
paneli'r arfwisg, a thynnodd Elai'r llafn yn ôl tuag
ato yn giaidd. Gydag ocheniad syn, cwympodd y
marchog tuag ato, ond osgôdd Elai ef, gan neidio
tuag at y ddau farchog olaf.

Roedd y marchog a drawodd gyda'r gaib yn
gwisgo'i helmed a'r llall yn tynnu'i gleddyf. Neid-
iodd Elai at y cyntaf gan gicio'r ben-glin agosaf ato.
Wrth i'r marchog simsanu anelodd Elai'r cleddyf
am ei ben a thrawodd fflat y llafn ef gan daflu'r
helmed oddi ar ei ben i un cyfeiriad. Gwegiodd y
marchog i'r cyfeiriad arall gan wasgaru'r ceffylau

cyn cwympo mewn cwmwl arall o lwch.

Ymladdodd Elai am ei anadl yn llafurus, gan wylio'r marchog olaf yn ofalus. Cropiodd Redal i un ochr i'r llwybr a chuddio orau y gallai y tu ôl i graig fechan.

Ni fedrai Elai weld unrhyw beth o'r marchog ei hun; roedd wedi ei orchuddio o'i ben i'w sawdl mewn arfwisg ddu. Ar y llurig roedd olion degau o frwydrau ond roedd ei helmed yn llyfn a syml gyda dim ond slitiau i'r llygaid ac ychydig dyllau anadlu yn torri'r wyneb.

Roedd y marchog yn camu'n bwyllog mewn cylch o amgylch Elai. Sgleiniai golau'r machlud oddi ar fetel tywyll yr helmed. Trodd Elai gydag ef, a blaen ei gleddyf fodfeddi o flaen cleddyf y marchog. Gwelai o ystum y marchog ei fod yn ymladdwr da, heb fod mor fyrbwyll â'i gymdeithion. Teimlai Elai'r chwys yn llifo i lawr ei dalcen gan fygwth ei ddallu. Gan ddal y cleddyf ag un llaw symudodd y llall i sychu'r chwys o'i wyneb.

Ar amrantiad, ymosododd y marchog gyda chawod o drawiadau. Teimlai Elai ei fraich yn gwegio dan nerth y trawiadau, a phob un yn bygwth bwrw'i gleddyf o'i law. Ni fedrai wrthymosod o gwbl, wrth orfod amddiffyn a cheisio osgoi cleddyf y marchog. Ceisiodd symud i roi rhagor o bellter rhyngddo a'r marchog, ond caeodd y marchog y bwlch gyda naid fechan a'i gleddyf yn gwibio tuag at Elai.

A'r gwreichion yn tasgu wrth i'r metalau gyfarfod, trawodd y cleddyfau ei gilydd gan dorri cleddyf Elai yn ei hanner. Rhewodd Elai mewn sioc am eiliad ac yn y foment honno fe'i trywanwyd gan y marchog.

Rhwygodd y llafn drwy got ledr Elai a gwelodd yntau glwyf eiriasboeth yn agor ar ei asennau. Gan deimlo gwaed yn llifo i lawr ei ochr baglodd Elai yn ôl a chwympodd dros gorff un o'r marchogion eraill.

Glaniodd yn drwm ar ei ben-ôl a cheisiodd symud ar ffrwst wysg ei gefn ar y llawr i osgoi ergyd farwol y marchog du. Cerddodd hwnnw'n hamddenol tuag at Elai gan ddal ei gleddyf yn llac wrth ei ochr; gwyliai Elai'r gwaed – ei waed ef ei hun – yn diferu oddi ar y llafn i gronni'n dywyll ar lwch y ddaear. Ceisiodd symud yn gyflymach gan estyn am y graig y tu ôl iddo i dynnu ei hun ati, a rhoddodd ei law ar ddolen ei gaib.

Gyda'r marchog du ar ei warthaf gafaelodd yn y gaib. Cododd y marchog ei gleddyf yn barod am y trawiad olaf ond bwriodd Elai ef yn ei goes isaf gyda'r gaib; bachodd blaen crwca'r gaib y goes y tu ôl i'r ben-glin. Tynnodd Elai'r gaib tuag ato gyda'i holl nerth gan sgubo coes y marchog i fyny a'i daflu oddi ar ei draed.

Cwympodd y marchog yn galed ac ymbalfalodd Elai am y cleddyf. Cododd yn simsan ar ei draed. Nofiai'r byd o flaen ei lygaid ac ysgydwodd ei ben i glirio'i olwg. Cododd y marchog ar ei gwrcwd ac yn ddisymwth gafaelodd mewn dyrnaid o lwch a'i daflu'n gelfydd i lygaid Elai. Chwipiodd Elai'r cleddyf i bob ochr o'i flaen i geisio amddiffyn ei hun, gan rwbio'i lygaid poenus â'i law rydd.

Ni ddaeth ergyd arall gan y marchog. Clywodd sŵn traed yn rhedeg oddi wrtho ac un o'r ceffylau'n gweryru'n uchel. Cliriodd ei lygaid mewn pryd i weld y marchog yn carlamu i ffwrdd dros y bryniau cyn oedi ryw ganllath i ffwrdd i droi i edrych 'nôl ar Elai.

A'i ben yn nofio, clywodd Elai sŵn o'r tu ôl iddo a throdd i weld dynion y pentref yn dod ar frys i fyny'r llwybr tuag ato, a'u harfau yn eu dwylo. Ymddangosodd Haran o'r tu ôl i graig; rhoddai help llaw i Redal i gerdded yn boenus. Gwenodd Elai'n wanllyd cyn troi'n ôl i edrych am y marchog.

Ond roedd hwnnw wedi diflannu i'r gwyll.

Pennod 2

'Aw! Gwylia!' Gwingodd Elai wrth i'w chwaer lan-
hau'r clwyf ar ei asennau gyda chlwtyn gwlyb.
'Bydd yn ofalus, Helan.'

'Dwi'n trio fy ngore,' meddai Helan yn dawel, gan
geiso chwythu'i gwallt golau o'i llygaid. Roedd ei
hwyneb yn gwbl ddifrifol, a hithau'n falch o'r dasg
roedd ganddi i'w gwneud. A'u mam wedi marw
bedair blynedd yn ôl, roedd Helan wedi ymgymryd
yn llwyr â chyfrifoldebau newydd y golled gydag
aeddfedrwydd y tu hwnt i'w deuddeng mlwydd oed.
Ddim yn deg iawn, efallai, meddyliodd Elai, ond
doedd yna fawr o ddewis o fewn y pentref i neb, i'r
dynion na'r gwragedd.

Gwingodd eto wrth i Helan lanhau ei wyneb, a
bwrw ati i rwymo ei asennau.

'Fydd y merched ddim yn edrych arnat ti am
wythnosau,' meddai Helan yn gellweirus o'r diw-
edd. Chwarddodd Elai er gwaetha'r boen yn ei
wyneb chwyddedig. Roedd ei foch yn las-ddu, a'i
drwyn wedi torri ac yn prysur chwyddo. Yn ffodus,
doedd y clwyf ar ei asennau ddim yn rhy ddwfn,
ond roedd yn ddigon poenus serch hynny.

Yn awr, yn y tawelwch wedi gwres y frwydr,
roedd Elai wedi dechrau pendroni dros y digwydd-
iadau rhyfedd. Wrth gerdded y ôl i'r pentref, roedd
Redal wedi sôn yn frwdfrydig am ddewrder a gallu

Elai wrth iddo ymladd yn erbyn y marchogion. Gallu? Doedd Elai ddim wedi codi cleddyf o ddifri erioed. Roedd yn gallu ymladd yn weddol gyda phastwn, fel bron pob un o'r dynion yn y pentref, ond doedd erioed wedi ymladd yn erbyn unrhyw un neu beth arall.

A'r nerth rhyfeddol a'i dadebrodd? Efallai'n wir mai'r duwiau a'i helpodd, ond roedd bywyd wedi dysgu Elai nad oedd y duwiau fel arfer yn cymryd rhyw lawer o ddiddordeb ym materion dyddiol, diflas y byd.

'Myn Carawn! Am olwg sy arnat ti!' Cododd Elai ei ben i edrych ar ei dad wrth iddo ddod i mewn i'r babell isel. 'Wyt ti wedi gorffen gyda fe, Helan?' gofynnodd ar unwaith.

'Do, 'nhad,' meddai Helan, gan ddechrau cymennu o boptu Elai.

'Reit, dere, Elai,' meddai ei dad yn gwta. 'Mae'n rhaid i ti weld Nathan.' Trodd ar ei sawdl a cherdded allan o'r babell. Syllodd Elai'n syn ar ei ôl. Gweld y pennaeth mor fuan? Byddai'n braf gallu gorffwys am ychydig; roedd pob asgwrn a chyhyr yn ei gorff yn gwynio, a'i glwyfau yn curo'n anghyfforddus. A beth oedd o'i le ar ei dad? Dim gair o'i ben am yr ymladdfa – dim llongyfarchion na cherydd.

Ar ben hynny roedd Helan wedi bod yn anghyffredin o dawel heddiw, heb arlliw o'i sbri arferol. Roedd y pentref oll wedi bod yn rhyfeddol o dawel wedi iddo ddychwelyd, ac eithrio Redal, nad oedd wedi peidio â chanu clodydd Elai, a thywyswyd hwnnw i ffwrdd i'w babell yn ddigon diseremoni. Ai ei fai ef oedd y tawelwch am ryw reswm, neu rywbeth i'w wneud â'r marchog du?

Cododd yn boenus a gadael Helan a'r babell a hercio drwy'r pentref tua'r neuadd bren fawr yn ei ganol. Yn y tywyllwch, camodd yn ofalus rhwng y pebyll, gan ddefnyddio golau'r ffaglau yn eu drysau orau y gallai. Ni synnai ryw lawer o ddarganfod fod y pentref yn wag a thawel ac, wrth agosáu at y neuadd fawr, gwyddai o'r sŵn o'i flaen fod y rhan fwyaf o'r pentrefwyr yn aros amdano yno.

Gwthiodd y crwyn i un ochr a chamu i mewn i'r neuadd. Doedd y neuadd ond wedi ei gorffen ar ddechrau'r haf, ac roedd y tu mewn yn arogli'n gryf o bren a thar o hyd; gwell na'r arogl crwyn yn y pebyll, beth bynnag. Yn ugain llath o hyd a decllath o led, roedd digon o le ynddi i'r pentrefwyr i gyd. Y tu ôl i bared o grwyn ar un pen trigai Nathan y pennaeth, ei ddwy wraig a'i bedwar plentyn. Roedd yna sôn y byddai'r gweddill o'r pentrefwyr yn cael cartrefi pren ymhen hir a hwyr hefyd.

Cerddodd Elai'n araf i lawr canol y neuadd, rhwng y pentrefwyr a oedd wedi ymgynnull ar hyd waliau'r neuadd. Roedd dwsinau o ffaglau ynghyn, yn taflu digon o olau ar wynebau pawb yno. Ceisiodd Elai guddio'i boen orau y gallai; gwyddai fod yna rywbeth rhyfedd ar droed. Nid oedd yn grwgnach am y diffyg llongyfarchion yn sgil achub Redal, ond gwyddai nad oedd hynny'n argoeli'n dda.

Y pen arall i'r neuadd roedd grŵp bychan yn aros amdano: Nathan, tad Elai, rhai o hynafgwyr y pentref ac, ychydig yn nes at y wal, Haran. Trodd y grŵp i edrych arno am eiliad wrth iddo ddod i mewn cyn troi i siarad ymysg eu hunain am funud wrth i Elai gerdded i lawr y neuadd.

'Elai.' Dywedodd Nathan yr enw fel ffaith foel yn hytrach na chyfarchiad. Pwysodd Elai yn erbyn bwrdd cyfagos, gan deimlo braidd yn benysgafn. Amneidiodd Nathan at fainc bren gyfagos.

'Eistedd, Elai,' meddai.

'Diolch,' meddai Elai rhwng ei ddannedd. Clywodd y dorf yn ystwyrian y tu ôl iddo wrth iddynt glosio at flaen y neuadd i glywed beth oedd gan y pennaeth i'w ddweud. Eisteddodd hwnnw ar ei gadair bren, gan drefnu'i glogyn i un ochr iddo er mwyn iddo allu eistedd yn gyfforddus. Gwthiodd ei law drwy ei farf drwchus cyn byseddu'r graith ar ei dalcen am eiliad. Gwyddai pawb yn iawn iddo gael y graith mewn sefyllfa debyg i'r un y bu Elai ynddi rai oriau'n gynharach.

'Elai,' meddai o'r diwedd, 'ryn ni'n ddiolchgar i ti am achub bywyd Redal. Roeddet ti'n ddewr iawn i wynebu pedwar marchog arfog ar dy ben dy hun, ac yn lwcus iawn i ddod yn ôl i'r pentref yn fyw.' Symudodd Nathan yn anghysurus yn ei sedd. 'Ond y gwir yw fod raid i ti adael y pentref yn awr.'

Torrodd chwys oer ar dalcen Elai.

'Gadael?' gofynnodd mewn llais isel. Edrychodd ar ei dad, ond trodd hwnnw i edrych ar Nathan ar unwaith cyn i'w lygaid gyfarfod â rhai Elai.

'Gadael?' Roedd llais Elai'n gryfach yn awr, a theimlai ryw gynddaredd yn dechrau berwi ynddo.

'Gwranda, Elai,' meddai Nathan. 'Ryn ni'n gwybod pwy oedd y marchogion, yr un yn yr helmed ddu. Roedd e'n dod i chwilio amdanat ti, i'th ladd di. Fe godon ni ofn arno fe'n gynharach, ond y tro nesa fe fydd e'n barod.'

'Pwy yw e?' gofynnodd Elai.

'Samhain.' Wrth glywed yr enw aeth si nerfus drwy'r dyrfa. Cofiai Elai iddo glywed yr enw ond fawr mwy amdano. Ond ni chofiai'r pentref yn ymddwyn mor llwfr erioed o'r blaen chwaith, waeth pwy oedd y gelyn. Mae'n siŵr y byddai lluoedd y Tywysog yn eu hamddiffyn beth bynnag . . .

'Elai,' meddai Nathan. 'Fe fydd e'n dod yn ôl, mae'n rhaid i ti adael, a mynd â'i gleddyf gyda ti . . .'

'Na!' Torrodd y waedd groch ar draws y pennaeth. Trodd pawb yn syn i edrych o ble daeth y waedd.

'Haran! Beth . . .' gofynnodd Nathan ond torrodd yr hen ŵr ar ei draws unwaith eto.

'Y llwfrgwn!' gwaeddodd Haran. 'Fe fentrodd ei fywyd i achub Redal a'r cyfan gallwch chi ei ddweud wrtho yw celwyddau! Dwedwch y gwir wrtho!'

'Bydd dawel, Haran,' meddai Nathan yn gadarn. 'Dyna yw'r gwir. Mae'n rhaid iddo adael.'

'Dwedwch y gwir!' bloeddiodd Haran unwaith eto. Edrychai Elai'n syn o un i'r llall, ac ar ei dad, a oedd yn edrych yn dra anghyfforddus erbyn hyn.

'Bydd dawel Haran,' meddai Nathan. 'Fel dy bennaeth, rwy'n dy orchymyn di . . .'

'Gorchymyn? Pa! Dwi'n ddigon hen i'th gofio di yn borcyn ar lawr pabell dy fam! Dwed wrtho neu myn y duwiau, fe ddweda i.'

Yn y tawelwch a ddilynodd, roedd anadlu trwm Haran i'w glywed yn eglur. Teimlai Elai ei ben yn troi, a'r gwaed yn curo'n galed yn ei gleisiau a'i glwyfau. O'r diwedd ochneidiodd Nathan cyn siarad yn bwyllog.

'Dwyt ti ddim yn un ohonon ni, Elai. Fe ddaeth rhywun â ti yma ugain mlynedd yn ôl. Un o Farchogion Arai oedd e – efallai un o'r olaf ohonyn nhw. Fe dalwyd y pentre yn hael i edrych ar dy ôl di. Dyna pam nad 'yn ni erioed wedi llwgu yma, er gwaetha beth oedd yn digwydd yng ngweddill Hyrcania.'

'Felly rwy'n un o Farchogion Arai?' gofynnodd Elai'n syn.

"Sen i ddim yn synnu o'th weld ti'n ymladd,' meddai Haran.

'Beth am fy nhad?' gofynnodd Elai, ond ysgydwodd ei dad ei ben. A'r sioc yn treiddio drwyddo'n araf, gwrandawodd Elai ar Nathan.

'Fe rybuddiodd y Marchog y byddet ti'n wahanol. Pe bait ti'n gwneud unrhyw beth allan o'r cyffredin, byddai'n well i ti adael . . .'

'Dyma'r gwir?' gofynnodd Elai'n ddig. 'Rhyw stori hanner-pan?' Edrychodd ar Haran am gefnogaeth ond amneidiodd hwnnw'n araf, â thristwch yn ei lygaid. Edrychodd Elai'n galed ar y pennaeth am funud, cyn troi ar ei sawdl a cherdded tua drws y neuadd.

'Elai!' Stopiodd Elai, heb droi i edrych ar y pennaeth.

'Cer â hwn gyda ti.' Daeth llais Haran yn dawel o'r tu ôl iddo. Trodd Elai i weld Haran yn cynnig carn cleddyf Samhain iddo. 'Mae'n ddrwg gen i, Elai,' meddai'r hen ŵr yn dawel. Meddalodd dicter Elai rywfaint.

'Nid dy fai di yw hyn o gwbl, Haran,' meddai Elai gan daflu cipolwg ar Nathan a'i dad. 'Fe fuest ti'n ffrind da i fi erioed.' Cerddodd Elai allan, gan groesawu awel oer y nos ar ei wyneb .

Yn y bore bach, ffarweliodd Elai yn gyntaf â
Helan, yn ei dagrau, ac yna â Haran. Yna, heb droi
i edrych yn ôl unwaith, cerddodd tua'r bryniau a
golau'r wawr.

Pennod 3

Rhai oriau'n ddiweddarach, eisteddai Elai wrth ymyl y ffordd, ffordd nad oedd mewn gwirionedd fawr mwy na llwybr caregog yn troelli drwy'r bryniau tua'r gwastadeddau islaw. A gwres yr haul yn falm ar ei wyneb briwedig, ceisiodd ddod i delerau â'i sefyllfa.

Wiw iddo gerdded am oriau gyda'i dymer yn corddi; roedd angen pwrpas arno. Ond pa bwrpas, ac i beth? Ni wyddai unrhyw beth am y tir o'i amgylch, mor bell o'r pentref â hyn. A dweud y gwir, ni wyddai fawr ddim am Hyrcania, y dywysogaeth, ac eithrio'r ffaith blaen mai Caron oedd ei phrifddinas.

Gwych; digon i roi pwrpas i unrhyw un. Dim amdani, felly, ond anelu am y ddinas honno draw dros y bryniau i'r dwyrain, gan obeithio y llwyddai i osgoi'r lladron a'r angenfilod rhyngddi a'r fan hon. Ciledrychodd ar y cleddyf wrth ei ymyl, yn llechu dan y pac bychan oedd yn cynnwys ei eiddo prin; efallai nad oedd pethau cynddrwg â hynny.

Gwenodd, ond tynnodd anadl wrth i'r boen ledu ar draws ei wyneb toredig. Gwell bod yn realistig; roedd hi'n amheus mai un o Farchogion Arai ydoedd, pwy bynnag oedd y rheiny. Y duwiau'n unig oedd yn gwybod sut y bu iddo oresgyn y marchogion du, ac roedd gan Elai syniad go dda beth oedd y

21

rheswm. Lwc pur.

Cododd yn llafurus ac estyn am y cleddyf. Astud-
iodd yr arf yng ngolau cryf haul canol bore. Roedd
y wain a'r carn yn blaen, heb yr un addurn arnynt.
Tynnodd y llafn hanner ffordd o'r wain; llafn plaen,
braidd yn dywyll efallai, ond yn eithriadol gyffredin
yr olwg. Synnai Elai ei fod *mor* gyffredin, a
chysidro pwy oedd ei gyn-berchennog.

Tynnodd y cleddyf o'r wain yn llwyr, a phrofi ei
gydbwysedd a'i bwysau. Trywanodd yr awyr yn ar-
brofol; trywanu, gwarchod, osgoi a thrywanu eto.
Stopiodd am ennyd, ac yn ddisymwth lledodd gwên
lydan a drodd yn hanner ebychiad, hanner chwer-
thiniad wrth i'w wyneb brotestio. Dyna gyfrinach y
cleddyf! Cydbwysedd perffaith, yn symud yn
rhwydd yn ei ddwylo, fel pe bai wedi ei wneud ar ei
gyfer!

Ond sut y gallai hynny fod? Cleddyf y marchog
mewn du oedd hwn – Samhain – wedi ei wneud ar
ei gyfer e, mae'n siŵr. Gydag ochenaid, dychwelodd
Elai'r cleddyf i'r wain; câi feddwl amdano pan
deimlai fymryn yn iachach. Am y tro, roedd ganddo
gryn dipyn o gerdded o'i flaen.

Roedd 'na bump ohonyn nhw, a'r pump yn amlwg
yn ysu am ei waed. Yn boenus o araf, symudodd
Elai ei law dde tuag at ei gleddyf, gan symud y wain
fesul trwch blewyn yn agosach ati gyda'i law arall.
Gwelodd lygaid un ohonynt yn symud yn frysiog i'r
wain ac yna i'w gymrodorion bob ochr iddo. Roedd
gwaed rhywun yn mynd i dasgu oddi ar gerrig y
ffordd mewn munud.

Daethai Elai o amgylch y tro yn y ffordd gyda'i

ben yn y cymylau. Wrth i'r bryniau gwrdd â'r gwastadedd, troellai'r ffordd yn serth rhwng sawl bryncyn. A'r haul yn uchel yn yr awyr erbyn hyn, rhedai'r chwys ar hyd ei gorff blinedig, gan bigo ei gytiau a'i friwiau.

Syniad braidd yn fyrbwyll oedd penderfynu teithio mor fuan wedi'r ymladdfa honno gyda'r marchogion mewn du. Roedd ei gyhyrau'n protestio gyda phob cam, ei anadl yn dod yn llafurus yng ngwres canol dydd. Gyda blinder yn ei ddrysu, diolchodd fod ei ymddangosiad y tu hwnt i'r tro lawn cymaint o syndod i'r rheiny oedd wedi ei synnu yntau.

Yno, yn cerdded yn hamddenol tua'r tro roedd pum creadur ffyrnig yr olwg. Er nad oedd yr un ohonynt yn ymestyn dros bum troedfedd, roedd eu harfau yn ddigon mawr – bwyeill, picelli a chleddyfau digon pwrpasol yr olwg. Oerodd Elai drwyddo; clywsai am y rhain mewn sawl stori yn y pentref, ac roedd y disgrifiadau lliwgar yn gweddu'n rhy hawdd o lawer i'w hymddangosiad. Coblynnau!

Er eu bod yn edrych yn rhannol ddynol, roedd eu croen yn wyrdd-frown, eu llygaid cul yn syllu arno uwchben trwynau crwca, a llond ceg o ddannedd miniog yn bygwth niwed gwaeth na'r arfau. Gwisgent ddarnau o arfwisgoedd amrywiol dros ben carpiau budr, gyda chethrau milain ar eu hysgwyddau a'u penelinoedd.

Rhewodd Elai a'r coblynnau yn eu hunfan. Hyd yn oed yng ngwres y dydd, rhedai chwys yn ddafnau oer i lawr cefn Elai. Cododd ei wain yn araf â'i law chwith gan estyn am garn y cleddyf gyda'i law dde. Wrth iddo wneud hynny, symudodd y pum coblyn oddi wrtho ryw gam neu ddau cyn estyn am

23

eu harfau eu hunain.

Camodd un tuag ato, a stopio wrth weld llaw Elai yn cyffwrdd â charn ei gleddyf.

'*Nachraim ina sabata!*' meddai'r coblyn yn sarrug. Amneidiodd y pedwar arall y tu ôl iddo, gan ysgwyd eu harfau yn fygythiol. Camodd un ohonynt yn agosach at y siaradwr a sibrwd rhywbeth yn dawel.

'*Nachraim,*' meddai'r coblyn cyntaf eto a chodi ei fwyell yn uwch. '*Nachraim – arriann!*'

Adnabu Elai'r gair ar unwaith, er gwaethaf llais cryg y coblyn. Gafaelodd yn gadarnach yng ngharn y cleddyf. Ysgydwodd ei ben yn araf, gan geisio ymlacio ei ysgwyddau. Am funud fer, syllodd Elai a'r coblynnau ar ei gilydd. Gwyliodd Elai'r ddau agosaf ato yn ofalus, gan geisio plannu ei draed yn gadarn ar y ffordd ar yr un pryd.

Gyda sgrech gras rhedodd y ddau tuag ato, a'u bwyeill yn fflachio yng ngolau'r haul. Ochrgamodd Elai, a'i gleddyf yn symud yn esmwyth o'r wain ac yn plannu'n solet i mewn i wddf y coblyn cyntaf. Baglodd y coblyn, a thasgodd ei waed dros y llall. Tynnodd Elai'r cleddyf yn rhydd a'i godi i'w amddiffyn ei hun yn erbyn bwyell yr ail goblyn.

Tasgodd gwreichion i'r awyr wrth i'r llafnau gwrdd. Gwthiodd Elai'r coblyn yn ôl tuag at y lleill a safodd yn sigledig uwchben corff y coblyn cyntaf, a oedd erbyn hyn yn gorwedd yn llonydd mewn pwll bychan o waed tywyll.

Roedd ei ben yn troi, ei anadl yn dod yn llafurus, a'i goesau yn bygwth plygu oddi tano. Newidiodd Elai ei afael ar y wain, a'i dal fel ail gleddyf yn ei law chwith. Gorfododd ei draed i symud tuag at y coblynnau – ond teimlodd rywbeth yn gafael yn ei ffêr. Cwympodd ar ei hyd gan edrych yn syn ar ei droed. Doedd y coblyn ddim wedi marw!

Gyda'i droed rydd ciciodd y llaw oddi ar ei ffêr. Rowliodd yn wyllt i un ochr wrth i gawod o lafnau ddisgyn. Ciciodd yn wyllt am y pâr o bengliniau agosaf gan ailafael yn ei gleddyf. Cododd ar ei draed yn chwim gan hyrddio'r llafn at y coblyn agosaf. Teimlodd y llafn yn treiddio drwy'r arfwisg. Trodd a tharo eto, osgoi, taro, cicio, trywanu, torri . . .

Ac yna roedd yn sefyll uwchben pum corff llonydd. Clywodd sgrech uwch ei ben – fwlturiaid! Am ba hyd y bu'n sefyll fel hyn? Edrychodd ar y cyrff; roedd y pum coblyn yn gelain, ac ôl ei gleddyf yn amlwg ar bob un ohonyn nhw. Roedd llafn y cleddyf yn waedlyd a'r gwaed yn ymestyn hyd at ei benelin.

Chwiliodd am ei wain a'i bac. Cyrcydodd wrth ymyl un o'r coblynnau a sychu llafn y cleddyf ar ddillad hwnnw cyn ei ddychwelyd i'r wain. Edrychodd yn syn ar y celanedd am y tro ola, a'i feddwl yn gwrthod gweithio'n glir, cyn hercian tua'r gwastadedd. Disgynnodd y fwlturiaid yn eiddgar y tu ôl iddo.

Cerddodd Elai am awr fel pe bai mewn breuddwyd. Roedd hi'n mynd yn anos iddo ddygymod â'r hyn a ddigwyddodd yn ystod y diwrnodau diwetha. Roedd ganddo ryw frith gof o'r ymladdfa gyda'r coblynnau, rhyw hanner syniad sut y'u lladdodd, ond roedd y marchogion du eisoes yn gof mwy niwlog o lawer.

Dyna beth a'i poenai fwyaf. Roedd wedi lladd

chwech o fewn deuddydd a – a beth ddigwyddodd i'r ddau farchog arall? Ceisiodd feddwl, ond ni chofiai ddim mwy amdanynt wedi iddo eu taro'n anymwybodol. Ac eto, pendronai sut y gallai eu goresgyn, a hwythau mewn arfwisgoedd? *O ble y daeth y gallu hwn i ymladd?*

Baglodd yn ei flaen a'i feddwl yn corddi. Yn araf, treiddiodd y gweiddi i'w ben, a sylweddolodd iddo'i glywed am rai munudau. Stopiodd yn stond, a chlirio'i feddwl rywfaint. Clywodd y gweiddi yn gliriach y tro hwn, yn dod o'r chwith iddo.

Craffodd ar y tir o'i amgylch; roedd y tir bryniog wedi troi'n dir isel tonnog, gyda chlytiau o goed a llwyni fan hyn a fan draw. Yna, fe'u gwelodd. Rhai llathenni o'u ceffylau, amgylchynai tri dyn garw yr olwg rywun, gan weiddi a sgrechian yn aflafar.

Symudodd Elai yn nes i geisio gweld pwy oedd yn derbyn y driniaeth hon. Gwraig ifanc. Dduwiau mawr! Oedd 'na ddim gorffwys? Ni fedrai Elai adael y wraig ifanc ar drugaredd y dynion hyn, ond ni fedrai ddod o hyd i'r cryfder angenrheidiol i'w hymladd. Doedd ond un peth amdani.

Symudodd yn bwyllog tuag at y dynion, gan ollwng ei bac i un ochr. Tynnodd ei gleddyf a dechrau symud yn gyflymach cyn i'r dynion ei weld. Trodd ei loncian yn rhedeg, a gwibiodd tuag at y criw bach.

Ar y funud olaf trodd un o'r dynion tuag ato ac ymbalfalu am ei gleddyf ei hun. Gan sgrechian fel gwallgofddyn, trawodd Elai'r dyn ar ochr ei ben â fflat y cleddyf. Cwympodd hwnnw'n drwm i'r llawr a neidiodd Elai drosto i sefyll rhwng y wraig a'r ddau arall.

Gan ddal i sgrechian, chwifiai'r cleddyf o'i flaen. Am ennyd, edrychodd y dynion yn syn arno – cyn dechrau sgrechian eu hunain. Gan lusgo'u cyfaill anymwybodol y tu ôl iddynt, rhedodd y ddau at eu ceffylau. Wedi taflu'r dyn anymwybodol ar gefn un ceffyl ac esgyn i'w cyfrwyau eu hunain yn drwsgl, carlamodd y tri cheffyl tua'r gorwel.

Mewn rhywfaint o benbleth, edrychodd Elai arnynt yn cilio. Gan deimlo braidd yn ddwl, rhoddodd daw ar ei sgrechian a throi i wynebu'r wraig ifanc.

A llewygodd.

Pennod 4

Yn y freuddwyd, gorweddai Elai'n noeth ar wely o blu. Chwythai awel fach dros y gwely gan gario ambell bluen i'r awyr nawr ac yn y man. Sylwodd fod ei glwyfau wedi diflannu a bod golau gwyn llachar yn disgleirio arno; edrychodd i gyfeiriad y golau a gweld rhywun yn sefyll wrth droed y gwely.

Ceisiodd godi i weld yn gliriach, ond rhoddodd ei law ar rywbeth oer a chaled – cleddyf Samhain. Ceisiodd ei symud i un ochr ond llithrodd, a thorrodd y llafn i mewn i'w fraich. Rhedodd un dafn o waed i lawr i'r plu, yn araf, araf ac yna roedd yna fwy o waed yn llifo, yn llifo a llifo hyd nes i'r llifeiriant coch sgubo'r plu o'r gwely ac i Elai gael ei gario ymaith yn yr afon o waed . . .

'Hei!'

Deffrôdd Elai'n ddisymwth wrth i bâr o ddwylo'i ysgwyd gerfydd ei ysgwyddau. Agorodd ei lygaid i weld merch – y wraig ifanc a achubodd – yn ei ysgwyd.

'Wyt ti'n iawn?' gofynnodd yn dawel. 'Roeddet ti'n sgrechian.'

'Ydw, dwi'n iawn,' mwmialodd Elai'n floesg. Cododd ar ei eistedd a theimlodd foncyff coeden y tu ôl iddo. Roedd yr haul yn machlud y tu ôl i'r wraig ifanc, gan daflu cysgod ar ei hwyneb.

'Paid â symud am funud,' meddai'r wraig, 'dwi

jest â gorffen.' Edrychodd Elai i lawr a gweld ei bod wrthi'n rhwymo clwyf ar ei fraich chwith; roedd y gwaed wedi'i olchi oddi arno, a themlai rwymyn wedi ei lapio'n dynn am ei asennau.

Yng ngolau cochlyd y machlud sylwodd Elai fod ei breichiau'n gydnerth ac wedi eu croesi â dwsinau o greithiau bychain; wrth weld y rhain dechreuodd Elai deimlo'n anghysurus. Gorffennodd y wraig rwymo'i fraich a sylwodd fod Elai'n rhythu ar ei breichiau. Cododd ar ei thraed yn gyflym, gan adael i olau'r machlud ddallu Elai. Cododd hwnnw ar ei draed a'i gyhyrau a'i glwyfau'n protestio gyda phob symudiad bach.

'Sut wyt ti'n teimlo?' gofynnodd y wraig.

'Fel . . . Ddim mor dda â hynny. Dwi wedi teimlo'n well o lawer. Diolch am . . . am ofalu am y clwyfau.'

'Iawn. Diolch am ddod fel y gwnest ti.'

'Ond doedd 'na ddim angen i fi, nag oedd?'

Cododd y wraig ei hysgwyddau. 'Fy mreichiau, ie?' Cochodd Elai wrth deimlo'n lletchwith.

'Ie. Mae'n ddrwg gen i.'

'Paid â phoeni.' Chwarddodd y wraig yn sydyn. 'Mae'n ddrwg gen *i* – rwyt ti'n hollol iawn. Fe fyddai'r tri wedi bod yn gelain mewn munud neu ddwy. Ond diolch, ta beth. Mae'n siŵr y dyle'r tri yna ddiolch hefyd eu bod yn fyw o hyd.' Cyrcydodd y wraig a chodi cleddyf Samhain o'r llawr.

'Fe ddangosa i i ti sut i ddefnyddio hwn, os wyt ti'n mo'yn . . . i ddiolch i ti. Roeddet ti'n edrych fel pe bai'r peth braidd yn anghyfarwydd yn dy ddwylo.'

'Ydy,' chwarddodd Elai. 'Ac ar ben hynny mae hi

wedi bod yn ddiwrnod uffernol. Fy enw yw Elai.'

'Rahel.' Edrychodd Rahel ar Elai'n graff am en-nyd cyn troi i ffwrdd. 'Dere,' meddai dros ei hys-gwydd, 'fe gei di ddweud dy hanes wrtha i yn nes ymlaen. Ond yn gynta mae'n well i ni gynnau tân. Bydd hi'n dywyll cyn bo hir, ac mae 'na ddigonedd o fleiddiaid ac ati yn y cyffiniau.'

Ymrôdd Elai i chwilio'n ddyfal am goed tân.

Erbyn i'r tân gynnau'n iawn ac i Elai nôl ei bac o'r lle y'i gollyngodd yn gynharach, roedd wedi ymlâdd yn llwyr. Eisteddodd y ddau mewn tawel-wch am beth amser, yn bwyta'r tameidiau prin o fwyd oedd ganddynt.

'Beth ddigwyddodd 'te?' gofynnodd Rahel ymhen tipyn.

Craffodd Elai arni am funud, gan geisio darllen ei hwyneb yng ngolau cochlyd y tân. Wyneb agored, ond ag ôl caledi y tu cefn iddo. Faint ddylai ei ddweud wrthi hi?

'Wyt ti am ddweud rhywbeth, Elai, neu wyt ti'n mynd i eistedd 'na yn syllu arna i fel hurtyn?'

'Ro'wn i jest yn meddwl ble i ddechrau.'

Chwarddodd Rahel yn ddihiwmor. 'Nag oeddet. Roeddet ti'n penderfynu os gallet ti ymddiried yno' i.'

Edrychodd Elai arni'n syn. Chwarddodd Rahel eto, y tro hwn gyda mwy o hiwmor. 'Roedd hi'n amlwg mai dyna oedd ar dy feddwl di. Paid â phoeni, does dim rhaid i ti ddweud dim wrtha i.'

'Na, mae'n iawn,' atebodd Elai'n lletchwith, 'fe ddweda i wrthot ti be ddigwyddodd.'

Adroddodd Elai'r hanes yn bwyllog; sylweddolodd

ar unwaith mai dyma'r tro cyntaf iddo yntau feddwl am ddigwyddiadau'r ddeuddydd diwethaf mewn gwaed oer. Bu'n lwcus eithriadol – ymladd yn erbyn pedwar marchog arfog, pum coblyn, a dioddef dim ond torri ei drwyn a rhai asennau, ac eithrio'r amryw gytiau. Y peth pwysig, a rhyfeddol, oedd ei fod yn fyw o hyd; doedd 'na ddim synnwyr na rheswm yn y peth.

Wrth iddo adrodd yr hanes, rhoddodd Rahel y gorau i chwarae gyda darnau o bren a chanol-bwyntio fwy ar Elai; pwysodd ymlaen fymryn wrth i Elai esbonio braidd yn frysiog pam y cafodd ei daflu allan o'r pentref. Wedi iddo orffen, eisteddodd hithau'n llonydd, yn syllu i galon y tân.

'Beth wyt ti'n 'feddwl, 'te?' gofynnodd Elai. Ystwyriodd Rahel o'i myfyrdod ac edrych i fyw llygaid Elai.

'Dwi ddim yn meddwl mai un o Farchogion Arai wyt ti, ta beth, Elai.'

'Pam lai?' gofynnodd Elai, wedi'i frifo rywfaint.

'Paid â chymryd hyn yn rhy bersonol, ond dwyt ti ddim yn ymladd fel un. Dim llawer o steil i'w weld, mae arna i ofn.'

'Sut byddet ti'n gwybod? Wnest ti weld fawr o ddim, ta beth.'

'Paid â chymryd y peth yn bersonol. Dwi'n gwybod, na'i gyd.' Gyda hynny, trodd Rahel i syllu un-waith eto i'r tân. Cysidrodd Elai am funud.

'Pwy oedd Marchogion Arai 'te?'

Ochneidiodd Rahel. 'Fe ddweda i wrthot ti yn y bore. Dwi wedi blino gormod nawr. Dwi'n siŵr dy fod ti'n ysu am orffwys erbyn hyn.' Cododd Rahel goflaid o frigau a'u taflu ar y tân. Teimlai Elai'n dra anhapus gyda hyn; roedd y teimlad cynnes a fu'n llechu dan ei flinder ers iddo orchfygu'r coblynnau yn prysur ddiflannu, y teimlad o lwyddiant yn troi'n iselder. Roedd wedi dechrau gobeithio ei fod, ryw-sut, yn un o Farchogion Arai, pwy bynnag oedden nhw.

'Dwi'n dal ddim yn deall,' meddai. 'Sut wyt ti mor siŵr nad ydw i'n un o Farchogion Arai?'

'Am mai fy nhad oedd un o'r olaf ohonyn nhw.'

Pennod 5

Yn gynnar fore trannoeth, a'r wawr ond yn dechrau
torri, paratôdd Elai a Rahel ar gyfer y daith o'u
blaenau. Treuliasai Elai noson anghyffordus, yn
troi a throsi, a'i glwyfau'n gwingo gyda phob
symudiad, a phoen yn ei gadw rhag cysgu am
oriau. O'r diwedd, llwyddodd i orwedd yn lled-
gyffordus a chwympodd i gwsg a oedd yn frith o
freuddwydion gwaedlyd am gleddyfau a marchog-
ion du.

Deffrôdd a'i ben yn corddi a'i gorff yn dyner a
phoenus. Cododd ei hun ar ei benelinoedd ac
edrychodd am Rahel; doedd 'na ddim golwg ohoni,
ond roedd y tân wedi'i ailgynnau, ac felly mae'n
rhaid ei bod wedi codi eisoes. Yna, fe'i gwelodd: yn
sefyll ryw ddecllath i ffwrdd, roedd hi'n mynd trwy
gyfres o ymarferion. Tynnodd Elai ei flanced
denau'n dynnach amdano a'i gwylio'n chwilfrydig.

Roedd Rahel yn wynebu golau gwan yr haul ar y
gorwel a'i breichiau o'i blaen a'i bysedd yn cyffwrdd
yn ysgafn, fel pe mewn gweddi. Gorweddai cleddyf
ar y llawr wrth ei thraed. Chwifiai ei gwallt coch hir
y tu ôl iddi yn yr awel ysgafn, ac roedd yr un awel
yn ystwyrian y siercyn a'r llodrau ysgafn roedd hi'n
eu gwisgo. Safai'n llonydd a'i llygaid ar ryw bwynt
ymhell i ffwrdd.

Yn sydyn neidiodd ymlaen dros y cleddyf gan

wneud cyfres o symudiadau rhyfedd – chwifio ei breichiau, camu yn ôl ac ymlaen, ochrgamu – symud yn rhwydd o un osgo i'r llall. Gwyliodd Elai mewn penbleth, heb ddeall yn iawn am eiliad neu ddwy beth oedd ystyr y prancio rhyfedd. Wrth gwrs! Roedd Rahel yn ymladd yn erbyn rhyw elyn dychmygol, yn amddiffyn yn erbyn ei ymosodiadau ac yna'n gwrthymosod.

Cyrcydodd Rahel yn sydyn gan gipio'r cleddyf oddi ar y llawr a'i dynnu'n esmwyth o'r wain a'r llafn yn adlewyrchu golau'r haul am amrantiad cyn iddi ymosod a gwrthymosod eto, gan drin y cleddyf yn gelfydd, fel pe bai'n estyniad o'i braich. Yna disgynnodd y cleddyf mewn arc gan stopio'n stond o'i blaen a'r llafn yn gyfochrog a'r llawr. Arhosodd Rahel felly am rai eiliadau, gan barhau i ganolbwyntio ar ei gelyn ac yna ymlaciodd. Sgleiniai haenen o chwys ar ei breichiau ac roedd golau'r haul yn dwyn sylw at y cyhyrau a symudai'n esmwyth dan y croen. Estynnodd am y wain a dychwelodd ei chleddyf iddi, cyn sylweddoli fod Elai yn syllu arni.

'Bore da,' meddai Rahel yn ysgafn. 'Elai, os newidith y gwynt fe fyddi di'n rhythu fel'na am byth.'

'O, mae'n ddrwg gen i,' meddai Elai, gan ddeffro o'i syllu. 'Weles i ddim byd tebyg i hynna erioed! Beth oeddet ti'n ei wneud? Wnei di ei ddysgu fe i fi?'

Chwarddodd Rahel. 'Ara deg! Rhywbeth wnes i ddysgu gan ryfelwr o 'mhell i'r dwyrain o Hyrcania; be ddwedodd e? Ie – "ymarferion i gadw'n hyblyg, ac i hogi fy ngalluoedd ymladd i ffwrdd o faes y frwydr".'

Camodd Rahel heibio i Elai at ei blanced a'i phac. Syllodd Elai arni yn cyrcydu ac yn glanhau ei chleddyf.

'Wnei di ddysgu'r ymarferion i fi?' gofynnodd. Edrychodd Rahel dros ei hysgwydd dan wenu.

'Wel, y lleia y galla i 'i wneud,' meddai, gan droi yn ôl at ei phac, 'yw dy ddysgu di sut i ddefnyddio'r cleddyf 'na'n well, fel diolch i ti am be wnest ti ddoe. Ac os oes amser, fe ddysga i'r ymarferion i ti ar y ffordd i Garon. Ond am y tro, mae'n well i ni 'i siapio hi. Mae na dridie o siwrne o'n blaen.'

Erbyn canol y bore, roedd Elai wedi blino'n llwyr, wedi iddyn nhw gerdded yn ddi-stop er toriad gwawr. Roedd y ffordd a arweiniai tua'r dwyrain ac i ddinas Caron, yn awr yn llydan a syth, ac yn dra gwahanol i'r tipyn llwybr roedd Elai wedi'i ddilyn drwy'r bryniau y diwrnod cynt. Roedd ei glwyfau'n dechrau gwella ond yn parhau i guro'n boenus a'r cerdded yn ysgwyd ei esgyrn i'r mêr.

O bobtu'r ffordd ymestynnai gwastadedd Aracarion; i'r gogledd a'r gorllewin doedd y mynyddoedd ond yn llinell dywyll ar y gorwel ac i'r de a'r dwyrain diflannai'r gwastadedd i'r pellter. Chwythai awel ysgafn ar draws y tir gwastad gan godi cymylau o lwch nawr ac yn y man, llwch o dir a sychwyd gan haul crasboeth yr haf, un o'r hafau poethaf ers blynyddoedd, yn ôl henaduriaid y pentref.

Daeth pwl o dristwch ac edifeirwch dros Elai wrth iddo ddechrau meddwl am y pentref. Deuddydd fu ers iddo adael – na, ers iddo gael ei daflu allan o'r pentref – a doedd ei ddicter ddim wedi pylu fymryn, yn arbennig tuag at Nathan a'i dad. Serch hynny, teimlai'n drist iddo orfod gadael fel y gwnaeth. Ni theimlai unrhyw ddicter tuag at Haran a'i chwaer, Helan; bu'r ddau yn agos ato trwy gydol ei fywyd. Ei fywyd? Yn awr, teimlai Elai mai dim ond arhosiad dros dro gafodd yn y pentref, nid bywyd; tyfai rhyw wacter ynddo o feddwl na fu'n un o'r pentrefwyr ond yn hytrach yn westai.

Ac yn awr, nid oedd syniad clir ganddo pam y cafodd ei daflu allan chwaith. Ai mab i un o Farchogion Arai oedd e? Neu ai rhyw ddewrder cyhenid oedd wedi tyfu ynddo wrth weld Redal mewn trafferth? Roedd sylwadau Rahel wedi ei frifo, ac wedi troi digwyddiadau'r diwrnodau diwetha yn niwl o olygfeydd cymysglyd, heb yr un llinyn yn cysylltu'r cyfan . . .

'Elai.'

Trodd Elai i weld fod Rahel wedi stopio a'i fod e wedi cerdded ymlaen am rai llathenni, wedi ymgolli'n llwyr ynddo'i hun. Cerddodd yn ôl ati.

'Mae'n ddrwg gen i, ro'wn i'n meddwl am rywbeth,' meddai, gan deimlo'r gwaed yn llifo i'w wyneb.

Gwenodd Rahel. 'Peth da hefyd; ti'n edrych fel petaset ti'n llewygu eto 'se ti'n meddwl am gerdded o ddifri. Dere draw at y goeden 'ma; mae'n bryd i ni fwyta rhywbeth.'

Coeden? Wedi deffro o'i synfyfyrio, edrychodd Elai o'i amgylch mewn syndod; roedd y tirwedd o'u hamgylch wedi newid yn llwyr, gyda choed ar wasgar ar hyd a lled y gwastadedd. Cerddodd yn araf at Rahel a oedd yn eistedd dan goeden gyfagos.

'Dwi'n synnu nad 'yn ni wedi gweld unrhyw un bore 'ma,' meddai'n fyfyrgar.

Turiodd Rahel i'w phac gan edrych am dameidiau o fwyd. 'Dwi ddim. Pwy yn ei iawn bwyll 'se isie crwydro gwastadedd Aracarion? Does 'na ddim yma i neb. Yffach, oes na *ddim* bwyd ar ôl gen i?'

Agorodd Elai ei bac yntau, a thynnu allan ei fwyd ei hun, ychydig o gig sych, bara a chaws. Cynigiodd y bwyd i Rahel.

'Diolch,' meddai Rahel, gan gymryd ychydig ohono. 'Dwi'n credu fod yna bentre neu ddau yn nes at y ddinas, fe gewn ni brynu chwaneg o fwyd yno.'

Bwytaodd y ddau yn dawel am funud.

'Pwy oedd Marchogion Arai?' gofynnodd Elai'n ddisymwth. Heb ateb, gorffennodd Rahel ei bwyd, a syllu i'r pellter a'i llygaid yn cymylu wrth iddi hel meddyliau. Yn y man, siaradodd, a'i llais yn dawel ac yn eglur.

'Mae'r hanes yn sôn am fintai o farchogion a ddaeth un dydd i Hyrcania, o diroedd Arai, ymhell, bell i'r de. Fe farchogon nhw'n syth i Garon ac i gastell y Tywysog, a chynnig eu hunain fel gwarchodlu iddo fe. Ar ôl prawf arfau, a'r marchogion yn goresgyn y gorau o ymladdwyr Hyrcania, fe gawson nhw eu dymuniad.

'Dros y blynyddoedd, gyda grym Marchogion Arai, fe lwyddodd y Tywysog i ddod â heddwch i Hyrcania, heddwch sy wedi para, mwy neu lai, hyd heddiw. Fe briododd nifer o'r Marchogion wragedd o Hyrcania, ac wrth i'w plant dyfu, fe ddaeth hi'n amlwg i bawb fod y gallu arbennig hwn i ymladd yn eu gwaed – fe dyfodd y plant gyda'r un medr trin arfau. Oherwydd hynny, fe barhaodd yr urdd o farchogion, gyda chenhedlaeth ar ôl cenhedlaeth o ymladdwyr heb eu hail, i wasanaethu'r Tywysog.

'Ond er fod y traddodiad yn ymddangos yn bur, doedd pethau ddim cystal dan yr wyneb. Roedd nifer o'r marchogion wedi troi at ddefnyddio pwerau tywyll, fel arfer i ddibenion materol a chnawdol, ac roedd hyn wedi creu rhwyg o fewn yr urdd. Ar ben hynny, roedd y llinach gwaed wedi'i deneuo, a doedd y gallu i ymladd ddim cystal; roedd yn ddigon da i guro dynion cyffredin, ond nid oedd o'r un safon â'r Marchogion cynta.

'O'r diwedd roedd y pwysau'n ormod, a throdd y gofidiau a'r gelyniaethau'n ymladd agored. Cafodd dwsinau o'r Marchogion ar y ddwy ochr eu lladd mewn ymladd gwaedlyd a chaled. Y Marchogion Tywyll a gollodd, ond roedd gormod o niwed wedi ei wneud. Ugain mlynedd yn ôl, fe adawodd y Marchogion a dychwelyd i Arai.'

Lledodd tristwch mawr dros wyneb Rahel.

'Ac fe aeth dy dad gyda nhw?' gofynnodd Elai'n dawel.

Ochneidiodd Rahel. 'Do. Ond dim ond y gwŷr adawodd, gan adael y gwragedd a'r plant. Mae 'na ambell i Farchog ar ôl ar hyd a lled y deyrnas, ond gwarchodlu cyffredin sy gan y Tywysog Manog yn awr.'

'Beth amdanat ti?' gofynnodd Elai.

'Fi? O – y gallu i ymladd? Fe ges i fagwraeth galed; fe ddaeth y gallu i'r amlwg yn gyflym iawn. Dyw pethau ddim wedi newid llawer chwaith. Mae'r deyrnas yn lle llawer mwy peryglus ers iddyn nhw adael.' Trodd Rahel ac edrych i fyw llygaid

Elai. 'Ond rwyt ti'n gweld nawr pam nad wyt ti'n un o'r Marchogion. Elli di ddim bod.'

Yn bwyllog, adroddodd Elai ei stori wrthi unwaith eto, y tro hwn gan ailadrodd yn fanylach yr hyn a ddywedodd Nathan wrtho. Wrth siarad, teimlodd Elai obaith yn deffro ynddo, gobaith fod yna rywbeth gwerth chweil wrth wraidd yr ymladd a'r tristwch diweddar.

Ar ôl iddo orffen, syllodd Rahel arno'n fyfyrgar cyn troi a chodi'i phac ar ei hysgwydd, a chodi'i chleddyf. Wedi ei synnu, brysiodd Elai i wneud yr un peth, tra syllai Rahel yn synfyfyriol unwaith eto i'r pellter. Wrth i Elai godi, trodd Rahel a chamu ato'n bwrpasol, a rhithyn o hapusrwydd yn ei llygaid.

'Os wyt ti'n fab i un o'r Marchogion, mae'n ddyletswydd arna i i ddysgu medrau'r arfau i ti. Fe gerddwn ni heddiw; fory fe gewn ni hyfforddi, ac fe fyddwn ni'n cyrraedd Caron drennydd.' Dechreuodd Elai ddiolch, ond torrodd Rahel ar ei draws, a'i llais yn galetach.

'Ond dwi'n dy rybuddio di. Os nad oedd dy bennaeth yn dweud y gwir, efallai na fyddi di byw i weld y ddinas.' Trodd Rahel ar ei sawdl a brasgamu i gyfeiriad y ffordd. Dilynodd Elai a'i ben yn troi.

Pennod 6

Cyrcydodd y marchog wrth ymyl y tân, a thynnu'i faneg arfog oddi ar un llaw. Daliodd ei law fodfedd uwchben y golosg. Sibrydodd air cyfrin cyn codi dyrnaid o'r golosg; yng nghledr ei law, cochodd y golosg am eiliad cyn duo unwaith eto. Taflodd y golosg i un ochr a syllu ar draws y gwastadedd i'r gorwel. Roedden nhw ddiwrnod o'i flaen, yn cerdded. Trodd ar ei sawdl ac esgyn i gyfrwy ei geffyl gerllaw.

'Cod ar dy draed!'

Blasai Elai lwch yn ei geg yn gymysg â gwaed o'i wefus isaf. Cododd ar ei eistedd yn llafurus. Safai Rahel gerllaw a'i chleddyf yn hongian yn llac mewn un llaw a'r llall yn gorffwys ar ei chlun.

'Wyt ti'n mynd i eistedd 'na yn swrth neu wyt ti'n mynd i drio eto?' gofynnodd yn watwarus.

'Mae eistedd 'ma yn fy siwtio i ar y funud,' atebodd Elai gan edrych o'i amgylch am ei gleddyf. Roedd y ddau wedi bod yn ffug-ymladd am rai munudau, a Rahel wedi bod yn cael y trechaf arno'n gyson; roedd hi'n gyflymach nag e, yn glyfrach ac – y peth a'i synnodd fwyaf – yn amlwg yn gryfach nag e.

Gwelodd ei gleddyf y tu ôl iddo a phoerodd wrth estyn amdano. Teimlodd y gic yn glanio yn ei asennau heb glywed Rahel yn symud. Fflachiodd y boen yn eirias drwy'i gorff a chwympodd ar ei hyd a dagrau'n cronni yn ei lygaid a theimlad fel pe bai procer poeth yn gwanu rhwng ei asennau. Clywodd lais Rahel o'r tu ôl iddo.

'Fe rybuddies i ti, Elai. Os nad oeddet ti'n un o Farchogion Arai efallai na fyddet ti byw i weld y ddinas. Wyt ti'n 'y nghlywed i?'

Y tro hwn, clywodd Elai Rahel yn camu tuag ato. Gafaelodd yn ngharn ei gleddyf a rhowlio i un ochr yn reddfol i osgoi llafn ei chleddyf hithau. Teimlodd ei dymer yn corddi wrth iddo godi'n simsan ar ei draed a wynebu Rahel. Cododd hithau ei chleddyf o'i blaen yn herfeiddiol gan blannu ei phwysau ychydig yn sicrach ar ei throed dde ac ar amrantiad trywanodd Elai tuag at ei hochr dde hi. Symudodd Rahel yn drwsgl i'r chwith ac anelu gwrthymosodiad at stumog Elai. Trawodd hwnnw'r ergyd i un ochr . . .

. . . eiliad cyn i'r niwl cochlyd ddisgyn dros ei lygaid unwaith yn rhagor. Clywodd y gwaed yn curo'n uwch yn ei ben wrth i'r boen gilio'n gymesur o'i asennau. Trodd y curo'n rhuo, gan gymylu pob sŵn arall. Teimlai ei gorff yn symud, ond heb iddo wybod beth oedd yn ei wneud, teimlai ei law'n ysgwyd wrth i'w gleddyf gwrdd – tybed? – â chleddyf Rahel.

Yn ddirybudd, cliriodd y niwl cochlyd. Safai Elai uwchben Rahel a'i gleddyf wedi'i godi i daro'r ergyd farwol. Edrychodd Rahel i fyw ei lygaid.

'Elai?' gofynnodd yn daer.

Yn boenus o araf, gostyngodd Elai ei gleddyf. Cymerodd gam yn ôl, gan ddal ei ben gyda'i law rydd. Cododd Rahel ar ei thraed yn gyflym ond cadwodd y pellter rhyngddi hi ac Elai.

'Wyt ti'n iawn 'nawr?' gofynnodd ymhen ennyd.

'Ydw.'

Rhwbiodd Elai ei lygaid. Cododd ei ben ac edrych ar Rahel a oedd wedi codi ei chleddyf unwaith eto. 'Paid â phoeni, dwi'n iawn. Dyna be ddigwyddodd o'r blaen wrth i fi ymladd y marchogion a'r coblynnau . . .'

'Niwl coch yn dy ddallu,' torrodd Rahel ar ei draws. 'Paid â synnu, dwi wedi ei weld yn digwydd o'r blaen. Mae'n cymryd trosodd, yn bwydo ar boen a dicter ac yn troi person yn ymladdwr gwallgof. Fe fuest ti bron â'm lladd i, Elai. Roedd y gic fach i fod i dy ysgogi di ond wnes i ddim disgwyl i hyn ddigwydd.'

'Mae'n ddrwg gen i . . .'

Gweiniodd Rahel ei chleddyf. '*Paid* ag ymddiheuro. Fe ymladdest ti'n benigamp.' Trodd Rahel a dechrau cerdded tuag at eu paciau. 'Dere, mae'n well i ni fwrw mlaen i gyfeiriad Caron.'

Herciodd Elai ar ei hôl. 'Aros funud – fe dorrest ti un o f'asennau eto!'

Trodd Rahel i'w wynebu ac aros iddo'i chyrraedd cyn cusanu Elai'n ysgafn ar ei wefusau. 'Anrheg bach. I'th groesawu i Urdd Marchogion Arai,' meddai, cyn troi am y paciau unwaith eto.

Gwenodd Elai, heb allu penderfynu beth yn union oedd y teimlad cynnes o hapusrwydd o'i fewn.

Caron.

Ddwy filltir o'u blaenau safai prifddinas Hyrcania. Arweiniai'r ffordd, brysur erbyn hyn, yn unionsyth o wastadedd Aracarion i gatiau dur y ddinas. Doedd y ddwy filltir yn ddim o'u cymharu â maint y brifddinas; gwelai Elai olau'r haul yn sgleinio ar ddur y gatiau ac ymestynnai waliau'r ddinas am filltir bob ochr iddynt.

'Y ddinas fwya o fewn pum can milltir,' meddai Rahel yn dawel wrth ei ochr. 'Cannoedd o filoedd o bobl, anifeiliaid a baw. Dere.'

Wrth agosáu at y ddinas, gwyliai Elai'r bobl o'i amgylch yn syn, casgliad lliwgar a swnllyd o fasnachwyr, pererinion, milwyr, taeogion ac uchelwyr. Sylwodd yn sydyn ar haid o goblynnau yn cerdded yn hamddenol o'i flaen. Estynnodd yn reddfol am garn ei gleddyf.

'Rahel,' meddai mewn llais a oedd yn crynu fymryn, 'edrych – coblynnau.'

Chwarddodd Rahel. 'Gollwng dy gleddyf a chadw dy ben. Dyw *pob* coblyn ddim yn lleidr neu'n llofrudd, Elai. Mae 'na greaduriaid llawer gwaeth yn byw yng Ngharon.'

Cochodd Elai a throdd ei ben gan ffugio diddoreb sydyn mewn mintai o filwyr. Teimlai'i stumog yn troi; roedd e wedi mwynhau cwmni Rahel yn aruthrol dros y dyddiau diwethaf ac wedi dod i'w hoffi'n fawr. Er gwaetha hynny – neu oherwydd hynny – gallai sylw pigog ganddi ei bigo i fêr ei esgyrn. Neu a oedd e'n teimlo cywilydd am ymddangos yn dwp o'i blaen, ac yntau'n meddwl am ffyrdd i greu rhyw argraff arni? Callia, Elai, meddyliodd; fydd ganddi hi ddim diddordeb mewn rhyw fachgen syml o gefn gwlad, marchog Arai neu beidio.

Trodd ei sylw'n ôl at y ddinas, erbyn hyn lai na

hanner milltir i ffwrdd. Arafai'r bobl o'i flaen wrth iddyn nhw agosáu at y ddinas ac yn raddol, treiglodd y llu tua'r gatiau, heibio'r gwylwyr ac i mewn i'r ddinas.

'Ble 'yn ni'n mynd?' gofynnodd Elai.

'Tafarn y Mochyn Glas,' atebodd Rahel. 'Mae'r ddau ohonon ni angen cwrw a bwyd da ar ôl byw ar friwision am y tridie diwetha.'

'Y syniad gore dwi wedi clywed . . .' dechreuodd Elai, ond gyda hynny fe basiodd y ddau drwy'r porth enfawr. Safodd Elai'n stond a rhythu ar yr olygfa o'i flaen a'i geg yn llac.

O'r gatiau, ymestynnai Caron yn aflêr i lawr llethr o'i flaen, gyda phob prif stryd yn arwain at sgwâr ynghanol y ddinas ryw filltir i ffwrdd, fel adain yn arwain at ganol olwyn. Roedd y stryd o'i flaen yn orlawn o bobl ar droed, ar geffylau neu gerti, yn gwthio heibio'i gilydd yn swnllyd a diamynedd. O bobtu'r stryd, yn nrysau tai a siopau cerrig dau lawr a oedd yn pwyso'n beryglus tuag at 'i gilydd, safai dynion a gwragedd garw yr olwg, yn siarad, yn bargeinio neu'n gwylio'r prysurdeb ar y stryd.

Deffrôdd Elai wrth i glatsen lanio ar ei foch. Trodd yn syn at Rahel. Gwenodd hithau'n ddihiwmor arno.

'Os gwnei di gario mlaen i rythu fel'na fyddi di ddim yn para dwy funud yng Ngharon, Elai,' meddai'n llym. 'Dere, fe awn ni i'r Mochyn Glas. A phaid â syllu'n rhy hir ar neb. Nes i ni gael bwyd, ta beth, ac yna fe gei di wneud unrhyw beth.'

Dilynodd Elai Rahel drwy strydoedd Caron, gan syllu ar ei waetha ar ryfeddodau'r ddinas. Sut y gallai cynifer gytuno i fyw yn yr un lle, gyda'r sŵn, y baw . . . y drewdod? Roedd na ddigon yn y pentref i fynd ar ei nerfau; am ba hyd y gallai ddiodde'r lle yma? Ar ben hynny, gwelai ddigon o goblynnau a hobgoblynnau yn y torfeydd, a chreaduriaid na fedrai eu hadnabod, i'w wneud yn anghyfforddus eithriadol.

Ar y llaw arall roedd 'na bethau fan hyn nad oedd wedi breuddwydio amdanyn nhw. Edrychodd ar y tafarnau amryliw, y gweithdai prysur, y siopau a'r stondinau yn gwerthu – ych, beth *oedd* hwnna? Derbyniodd bwniad arall yn ei asennau gan Rahel a phrysurodd ar ei hôl. Yn raddol, sylwodd ar newid yn y bensaernïaeth o'i amgylch; roedd yr adeiladau yn sythach ac yn edrych yn llai treuliedig. Tawelodd y strydoedd, rhywbeth i'w wneud â'r cynnydd yn y nifer o warchodwyr – milwyr y Tywysog Manog, yn ôl Rahel – ar y stryd, mae'n siŵr.

'Rahel,' gofynnodd ar ôl munud.

Stopiodd Rahel frasgamu a throi i edrych arno'n ddiamynedd.

'Beth nawr?' gofynnodd yn swrth, ond roedd rhyw hanner gwên yn chwarae ar ei gwefusau. Cochodd Elai unwaith eto, gan ddamnio'r lliw oedd yn rhuthro i'w fochau.

'O, dim . . . ,' baglodd. 'Jest yr ardal 'ma . . .'

'Llawer o arian. Pobl bwysig,' meddai Rahel dan wenu yn agored y tro hwn, cyn troi a dechrau cerdded unwaith eto. 'Munud arall ac fe fyddwn ni yno, Elai.'

Teimlai Elai fel sgrechian; roedd e wedi gwneud ffŵl ohono'i hun o flaen Rahel unwaith eto. Cystal iddo wynebu'r gwir – roedd e *wedi* bod yn ceisio creu argraff ar Rahel ers iddyn nhw ffug-ymladd ar Aracarion, ac . . .

'Y Mochyn Glas. O'r diwedd, myn cythrel i.' Amneidiodd Rahel arno i'w dilyn dan yr arwydd isel a hongiai uwch y drws i ganol sŵn a miri'r dafarn.

Ta waeth, meddyliodd Elai, wrth aroglu bwyd a chwrw'n eiddgar. Fe allai mwydro dros ei deimladau aros am awr neu ddwy.

Pennod 7

Erbyn i'r bedwaredd jwg o gwrw gyrraedd eu bwrdd, ni fedrai Elai'n ei fyw gofio am beth roedd yn poeni cyn dod i mewn i'r Mochyn Glas; a dweud y gwir ni allai feddwl am unrhyw beth o werth. Beth bynnag, doedd 'na ddim diddordeb ganddo mewn meddwl am unrhyw beth. Rhywbeth fel'na, ta beth. Ymlacio oedd yn bwysig.

Roedd wedi bwyta digon o fwyd i'w gadw'n hapus am wythnos. Deallai'n well yn awr pam roedd Rahel wedi bod mor frwdfrydig i ddod i'r Mochyn; roedd y bwyd a'r cwrw heb eu hail, yn ddiwedd perffaith i daith galed ar draws Aracarion. Trodd at Rahel a oedd wrth ei ochr yn siarad â chorrach arfog, sarrug yr olwg. Prociodd hi yn ei hasennau yn ysgafn.

'Hei, Rahel,' meddai'n floesg a'i dafod yn teimlo'n drwchus, 'be wnawn ni nawr?'

Taflodd Rahel olwg drosto a chwarddodd yn braf.

'Dwi'm yn meddwl y gelli di wneud dim yn dy stad di, Elai!'

Chwarddodd Rahel eto cyn troi'n ôl i siarad â'r corrach. Ystyriodd Elai ei holi beth yn union roedd hi'n ei awgrymu, ond roedd ei feddwl erbyn hyn yn rhy niwlog o lawer i drafod unrhyw beth mor gymhleth â hynny. Cymerodd lwnc arall o'r cwrw a throi i edrych o amgylch y dafarn.

Roedd cwsmeriaid eraill y dafarn yn ddigon tebyg iddo yntau a Rahel: amrywiaeth o deithwyr, bron pob un yn arfog, llychlyd a blinedig. Tafarn i 'anturiaethwyr' oedd y Mochyn Glas, yn ôl Rahel – beth bynnag oedd anturiaethwr – a dyma'r lle gorau i ymlacio ar ôl taith hir ac i glywed am un-rhyw waith diddorol.

Gwaith? Yr unig waith y gallai'r criw hwn ei wneud fyddai lladd pobl yn eu dwsinau . . . Efallai mai dyna oedd ystyr 'gwaith' yn y cyd-destun hwn. Roedd yna ddigon o arfau yn y lle hwn – cleddyfau, picelli, bwyeill, bwâu a saethau – ar gyfer byddin fach.

Fodd bynnag, nid yr arfau a dynnai sylw Elai ond y cwsmeriaid hynny nad oeddynt yn ddynol. Roedd yna ddyrnaid o gorachod yn y dafarn, creaduriaid nad oedd Elai wedi eu gweld erioed o'r blaen, er ei fod wedi clywed am eu dinasoedd a'u gweithdai yn y mynyddoedd. Er gwaetha'r ffaith nad oedd yr un ohonyn nhw yn dalach na phedair troedfedd, roedd pob un yn llydan a chydnerth a'u cyhyrau i'w gweld yn amlwg dan eu dillad.

Yn llechu yn y cornel gallai Elai weld rhyw greadur arall, tua'r un maint â dyn, ond ag arlliw gwyrdd i'w wyneb, a'i glustiau yn dirwyn i bwynt. Ffansïodd Elai y gallai weld rhes o ddannedd miniog wrth i'r creadur yfed ei gwrw, ond stopiodd syllu ar unwaith wrth i lygaid du'r creadur droi ato'n sydyn, a throdd i edrych rywle arall yn y daf-arn.

Sylwodd fod ei gwrw wedi gorffen a chododd yn sigledig i fynd i nôl rhagor. Cerddodd yn bwyllog at y bar a cheisiodd dynnu sylw'r tafarnwr. Pwysodd ar un pen i'r bar a gwylio mintai o filwyr yn yfed, siarad a chwerthin ar y pen arall. Yn raddol, sylweddolodd fod dyn arall yn agosáu yn llechwraidd at y grŵp. Dyn bach salw ydoedd, yn gwisgo siaced a het ledr gyda chyllell hir yn hongian o'i wregys.

Yn araf deg, estynnodd y dyn salw ei law tuag at un o'r milwyr, tuag at y pwrs oedd yn hongian wrth wregys hwnnw. Sylwodd Elai fod llaw'r dyn bach yn gwbl ddu, ond o'r pellter hwn ni fedrai weld pam. Ysgydwodd y dyn ei law a gwelodd Elai fflach wrth i lafn ymddangos yng nghledr ei law. Gydag un symudiad chwim torrodd y dyn y llinynnau a ddaliai'r pwrs wrth wregys y milwr.

'Hei, ti!'

Roedd Elai wedi gweiddi'r ddau air cyn iddo fedru atal ei hun. Trodd y dyn i edrych arno'n grac wrth i'r milwyr droi i edrych arno ef. Ar amrantiad taflodd y pwrs i gyfeiriad Elai ac heb feddwl – ac er gwaetha'r ddiod – daliodd Elai'r bag bach lledr.

Trodd y milwyr ar eu sawdl i gyfeiriad Elai cyn cerdded yn bwyllog tuag ato, gan daflu golwg sydyn ar eu gwregysau. Roedd gwên greulon ar wyneb y milwr oedd wedi colli ei bwrs.

'Braidd yn dwp, o flaen y dafarn gyfan,' meddai'n fygythiol gan edrych i fyw llygaid Elai.

'Nid fi ddygodd hwn!' meddai Elai'n gloff.

'Pwy 'te?' Roedd tinc gwatwarus yn llais caled y milwr.

'Fe! Draw fan'na!' Pwyntiodd Elai at y dyn salw ond roedd hwnnw wedi diflannu i ganol cwsmeriaid eraill y Mochyn Glas. Teimlodd Elai ei galon yn suddo i'w stumog a'i fwyd yn codi i'w wddf. Cynigiodd Elai'r pwrs yn grynedig i'r milwr;

cymerodd hwnnw'r bag lledr a throi tuag at ei gyf-
eillion.

Ochneidiodd Elai mewn rhyddhad, cyn i'r milwr
droi'n ôl ato yn chwim. Diffoddodd byd Elai gyda
chlec uchel.

Deffrôdd Elai o freuddwyd lle roedd yn nofio
mewn llyn o gwrw yng nghwmni byddin o gorach-
od, a chael ei hun yn gorwedd ar ei gefn ar lawr oer
a chaled. Gwthiodd ei hun i fyny ar ei benelinoedd
ac aros yn llonydd am funud i ddod ato'i hun yn
iawn. Agorodd ei lygaid i weld ei fod yn gorwedd
mewn cell dywyll; deuai'r unig olau o ffenest fach
yn uchel ar un wal ac yn y wal gyferbyn roedd drws
o fariau dur yn arwain i goridor tywyll.

Arhosodd i'w lygaid ymgyfarwyddo â'r gwyll cyn
codi ar ei eistedd. Rhwbiodd ei lygaid a gwingo
wrth i'w law rwbio'n erbyn ei foch. Cyffyrddodd ei
foch yn dynerach; roedd 'na glais go dda arni ac
wrth archwilio'i wyneb barnodd fod y man tyner, os
nad y clais, yn ymestyn i lawr hyd at ei ên. Taniodd
y boen yn ei foch gur yn ei ben a rhegodd yn uchel
wrth godi ar ei draed.

Symudodd at y drws a cheisio edrych i bob ochr
iddo: dim ar yr ochr dde, ond ar yr ochr chwith
medrai weld golau gwan ffagl ar ben draw'r cor-
idor. Yn y golau gwan gallai weld nifer o ddrysau
tebyg i'r un hwn. Carchar y ddinas, efallai? Digon
posib, o gysidro mai milwr a'i dyrnodd yn an-
ymwybodol. Diolchodd nad oedd rhywbeth gwaeth
wedi digwydd iddo, o gofio pa mor feddw yr oedd
yn y Mochyn Glas. Tybed beth ddigwyddodd i
Rahel?

Gyda hynny, clywodd sŵn y tu ôl iddo yn y gell. Trodd Elai i weld siâp tywyll yn codi o'r cornel a dechrau symud tuag ato. Wrth i'r peth gyrraedd y llafn gwan o olau o'r ffenest meddyliodd Elai mai dyn ydoedd, ond wrth i'r dyn agosáu sylweddolodd nad oedd yn ddynol wedi'r cyfan. Llyncodd Elai'n galed wrth i'r creadur stopio o'i flaen; roedd ei wyneb yn lled-ddynol, ond yn lletach, y clustiau'n bigog a'r llygaid yn gwbl ddu. Gwenodd y creadur yn ddihiwmor – er na fyddai Elai wedi gallu adnabod yr un emosiwn ar ei wyneb hyll – a chrafu ei gesail yn hamddenol.

'Wel, ffrind bach i fi, o'r diwedd,' meddai'n sarrug, a'r geiriau'n swnio'n od wrth ddod trwy'r dannedd miniog. Gwthiodd ei wyneb yn agosach, ei anadl ddrewllyd yn bygwth bwrw Elai'n anymwybodol unwaith eto. Prociodd frest Elai gydag ewin miniog.

'A beth wyt ti wedi'i wneud 'te i fod fan hyn?'

Gan geisio rheoli ei anadlu crynedig, atebodd Elai'n dawel. 'Dim llawer. Ffeit gyda milwr. Fe enillodd.'

Chwarddodd y creadur yn gras a'i anadl gyfoglyd yn arllwys yn donnau atgas dros Elai, a chamu'n ôl yn sydyn gan gynnig ei law i Elai. Ysgydwodd Elai'r llaw arw yn betrus.

'Paid â phoeni,' meddai'r creadur, 'mae fy anadl i'n drewi ond wna i ddim dy fwyta di. Dwi yma am reswm eitha tebyg. Anzig yw'r enw.'

'Elai. Ble 'yn ni?'

'Yng ngharchar garsiwn y dre. Cystal i ti edrych mlaen at wythnos o leia yn y moethusrwydd 'ma. Byw fel brenin yng nghanol ei gyfoeth. Moethau . . .'

'Iawn, dwi wedi cael y syniad,' ochneidiodd Elai. 'Wythnos?'

Cododd Anzig ei ysgwyddau. 'Mae'n dibynnu ar y gwyliwr draw fan'na; os yw e'n teimlo'n eitha hapus, efallai y gweli di olau dydd yn gynt. Neu os oes gen ti ffrindiau cyfoethog . . .'

'Neu rai clyfar.'

Trodd Elai ac Anzig i gyfeiriad y llais newydd a'r golau yn y drws. Yno, yn dal ffagl, roedd Rahel.

'Mae'n ddrwg gen i dorri'ch arhosiad yn fyr, foneddigion, ond ryn ni eisiau'r gell ar gyfer rhywun arall.' Ysgydwodd ddyrnaid o allweddi. 'Pan ffeindiwn ni'r allwedd iawn, wrth gwrs.'

Mewn ychydig funudau roedd y tri ar ben arall y coridor yn chwilio am eu heiddo mewn cist enfawr a oedd yno, i bob golwg, i atal gwyliwr anymwybol rhag suddo i'r llawr.

'Ffeindiwch eich stwff yn glou,' meddai Rahel, gan edrych ar Anzig yn amheus. 'Dwi ddim am aros yn rhy hir fan hyn.'

'Ti'n lwcus fod cleddyf fel'na'n dal yma,' meddai Anzig wrth wylio Elai yn clymu ei gleddyf a'i wain i'w wregys. 'Fe golles i un llawn cystal y tro diwetha ro'wn ni yma. A, dyma ni.'

Gwenodd Anzig wrth estyn am fwyell ddeulafn, filain yr olwg o'r gist. 'Fy ffrind gorau,' meddai'n hapus, cyn estyn ei law tuag at Rahel. 'Anzig.'

Ysgydwodd Rahel ei law dan wenu. 'Yr hanner-orc mwya cwrtais i fi gwrdd ag e erioed,' meddai.

'Mae *rhai* ohonon ni'n trio'n gorau,' meddai Anzig yn ffug-ddifrifol. Edrychodd Elai arno eto. Hanner-orc? Beth ar y ddaear oedd un o'r rheiny? Beth oedd *orc*?

Symudodd Rahel yn gyflym at ddrws praff ar ddiwedd y coridor a chlustfeinio wrth ei ymyl. 'Neb yno,' meddai, gan dynnu ei chleddyf o'i wain. 'Cadw dy ffrind yn agos atat ti nes i ni adael y lle 'ma, Anzig. Weles i fawr o neb ar y ffordd i lawr, ond does wybod pwy fydd ar hyd y lle nawr. Elai?' Estynnodd Rahel y ffagl iddo.

Amneidiodd Elai a chymerodd y ffagl gan ddadweinio'i gleddyf yntau. Agorodd Rahel y drws yn araf: coridor gwag, plaen yn arwain at risiau yn esgyn i'r tywyllwch. Sleifiodd i mewn i'r coridor, ac Elai'n ei dilyn ac Anzig yn ei ddilyn yntau. Taflai fflam y ffagl gysgodion ar hyd waliau'r coridor a'i golau'n sgleinio ar ddafnau bychain o chwys ar freichiau Rahel. Er gwaetha'r amgylchiadau, teimlodd Elai ryw ystwyrian ynddo; gafaelodd yn gadarnach yn ei gleddyf a cheisio canolbwyntio ar y dasg o'i flaen. Wiw i'w feddwl fod ar chwâl yn awr.

I fyny'r grisiau, trwy ddrws arall ac i'r awyr agored a golau dydd! Wrth glywed Anzig yn rhegi y tu ôl iddo caeodd Elai ei lygaid yntau'n erbyn y golau am eiliad; pan edrychodd eto roedd Rahel yn sefyll dros gorff gwyliwr ar frig grisiau oedd yn arwain i lawr i fuarth. Edrychodd Rahel dros ei hysgwydd ar Elai. Gwenodd.

'Paid â phoeni, Elai, fe ddeffrith e. Gyda chythrel o ben tost.' Wrth i'r tri symud yn wyliadwrus i lawr y grisiau, sylweddolodd Elai nad buarth oedd o'u blaenau ond beili castell; taflodd gipolwg i fyny ar waliau'r castell, ar y gwylwyr yn cerdded ar eu hyd ac ar y ceffylau a'r milwyr a oedd wedi eu gwasgaru ar hyd a lled y beili.

'Rhowch eich arfau heibio, *nawr*,' meddai Rahel

yn dawel. 'Elai, tafla'r ffagl 'na i ffwrdd.'

Taflodd Elai'r ffagl i gafn o ddŵr wrth droed y grisiau; ymladdodd y fflam yn swnllyd rhag diffodd am eiliad cyn suddo o'r golwg.

'Be nawr?' gofynnodd Anzig.

'Cerdded yn hamddenol a thawel i'r gatiau,' atebodd Rahel. 'Os yw rhywun yn ceisio'n stopio, rhedwch. Ffwrdd â ni.'

Cerddodd y tri tua'r porth ar ben arall y beili, gan geisio edrych yn syth o'u blaenau. Hanner ffordd ar draws y buarth teimlodd Elai'r dafn cyntaf o law ar ei wyneb, yna un arall ac un arall. Yn ddisymwth arllwysodd y glaw i lawr gan wasgaru'r gwylwyr ar y waliau a rhedodd y tri drwy'r porth. Edrychodd Elai ar y ddau arall, ar y porth, i fyny ar y glaw ac yna chwarddodd yn uchel. Chwarddodd Rahel ac Anzig, a'u rhyddhad hwythau yn amlwg.

Trodd Elai a cherdded ar ei union i mewn i'r dyn bach salw â'r llaw ddu.

Pennod 8

Fflachiodd cleddyf Elai o'i wain gan stopio drwch blewyn o wddf y dyn bach salw. Rhewodd hwnnw yn ei unfan ac arswyd yn ei lygaid wrth iddo hoelio ei sylw ar y llafn o'i flaen.

'Dyma'r cythrel a ddygodd bwrs y milwr yn y Mochyn Glas!' meddai Elai cyn teimlo llaw Rahel yn ysgafn ar ei fraich.

'Dwi'n gwybod, Elai. Ei enw yw Cain Lawddu.'

Heb ostwng y cleddyf, edrychodd Elai ar Rahel.

'Beth?' Trodd ei sylw yn ôl at y dyn, Cain. 'A phaid ti â meddwl symud!' Ysgydwodd hwnnw ei ben fymryn a chodi ei ddwylo, heb dynnu ei lygaid oddi ar lafn y cleddyf. 'Ti'n ei nabod e?' gofynnodd Elai.

'Ydw, ers amser maith. Rho dy gleddyf i lawr, Elai.' Roedd llais Rahel yn ofalus o ddigyffro ond roedd pwysau ei llaw ar fraich Elai yn cynyddu. Gydag ochenaid, dychwelodd Elai ei gleddyf i'r wain a gwthiodd ei wallt gwlyb o'i wyneb.

'Wneith rhywun ddweud wrtha i be sy'n mynd mlaen?'

Pesychodd Anzig yn uchel. 'Cyn i chi ddechrau, fe ffarwelia i â chi. Diolch am fy rhyddhau i ond mae gen i werth pedwar diwrnod o yfed i'w wneud a dwi ddim yn ffansïo sefyll llawer mwy yn y glaw 'ma.'

Cododd Rahel ei haeliau. 'Hanner-orc deallus. Mae'r byd yn newid.'

Gwenodd Anzig yn gam arni. 'Os medri di adael dy ragfarn rywle arall, fe fydda i rywle o amgylch y Ddraig a'r Corrach pan fyddi di eisiau ffafr yn ôl. Cofiwch fod y glaw 'ma'n wlyb, blant.' Gwyliodd y tri Anzig yn cerdded i ffwrdd dan chwerthin.

'Mae e'n iawn, wrth gwrs,' meddai Rahel. 'Ac fe fydd rhywun yn ffeindio'r gwylwyr 'na cyn bo hir. Dewch.'

'Mae'r clais 'na yn werth ei weld, Elai,' meddai Rahel gan graffu ar ei wyneb.

Ni ddwedodd Elai air a heb edrych ar Rahel na Cain gorffennodd fwyta ei gawl. Roedd tafarn lled wag yn agos i'r garsiwn – ddim yn rhy agos – ac ar ôl bowlen neu ddwy o gawl a jwgaid o gwrw o flaen tân enfawr y dafarn, roedd y tri'n dechrau teimlo'n well ar ôl sefyll cyhyd yn y glaw.

'Mae'n ddrwg gen i am beth ddigwyddodd yn y Mochyn Glas,' meddai Cain wedi i'r tafarnwr glirio eu bowlenni i ffwrdd. 'Fe roist ti sioc i fi ac roedd raid i fi ddianc o'r lle. Ro'wn i jest yn gwneud yr hyn sy'n dod rwydda i fi. Mae'n ddrwg gen i am beth ddigwyddodd i dy wyneb di. Wir.'

Edrychodd Elai arno; gyda'i fol yn llawn ac yntau yn dwym o flaen y tân ni fedrai ddal dig yn erbyn Cain. Wedi'r cyfan, gallai pethau fod wedi gorffen yn waeth o lawer.

'Iawn. Ro'wn i yn y lle anghywir. Mae 'na gymaint wedi digwydd i fi'n ddiweddar, wneith rhywbeth fel'na fawr o wahaniaeth.' Chwarddodd Elai am eiliad cyn troi at Rahel. 'Be ddigwyddodd ar ôl i'r milwr fy mwrw i?'

'Fe weles i Cain yn sleifio i ffwrdd eiliad cyn i fi

glywed y milwyr yn gweiddi,' meddai Rahel. 'Roedd hi'n haws ei ddal e na cheisio stopio'r milwyr. Unwaith i ti fwrw'r llawr fe dawelon nhw ac fe gariodd dau ohonon nhw ti i ffwrdd i'r garsiwn. Doedd dim ond rhaid i ni eich dilyn chi . . .'

Amneidiodd Elai ei ben. 'Fe ddysga i i gadw'n dawel y tro nesa.'

'Y wers gynta i'w dysgu yn y ddinas 'ma,' meddai Cain. Estynnodd am ei gwrw a sylwodd Elai o'r newydd ar ei law ddu; roedd y croen wedi ei losgi'n gas, ond heb greithio fel y byddid wedi disgwyl.

'Beth ddigwyddodd i dy law di?' gofynnodd Elai. Edrychodd Cain ar Rahel am ennyd a gwenu, ond llais dieithr a atebodd.

'Ceisio dwyn arian rhyw ddewin, 'sen i'n tybio.'

Edrychodd y tri ar y siaradwr. Yn sefyll y tu ôl i Elai roedd gŵr canol oed wedi ei lapio mewn clogyn tywyll swmpus; roedd cwfl y clogyn wedi ei daflu'n ôl a hongiai ei farf hir, ddu y tu allan i'r clogyn.

'Dwi wedi gweld yr un peth o'r blaen,' meddai'r dieithryn. 'Lledrith amddiffynnol ar bwrs . . .' Edrychodd yn awgrymog ar Cain; culhaodd hwnnw ei lygaid ond cyn iddo gael cyfle i ddweud gair rhoddodd Rahel ei llaw ar ei fraich ac ysgwyd ei phen.

'Wel?' gofynnodd Rahel a'i llais yn galed.

Gwenodd y dieithryn. 'Mae fy meistr eisiau eich gweld. Os byddwch chi cystal â fy nilyn i . . .'

'Pwy yw dy feistr?' gofynnodd Elai.

'Thoth-Anaos.' Clywodd Elai ebychiad Rahel a throdd ati.

'Wedi clywed ei enw?' gofynnodd.

Amneidiodd Rahel. 'Dewin, os dwi wedi clywed yn iawn. Un pwerus hefyd.' Trodd Elai'n ôl at y dieithryn.

'Gwranda . . .'

'Dagmar.'

'Reit. Dagmar. Gwranda, Dagmar. Beth mae dewin ei eisiau gyda ni?'

Edrychodd Dagmar yn ddiamynedd. 'Dim ond negesydd ydw i. Os fyddwch chi cystal . . . ?'

Gorffennodd Elai ei gwrw. 'Wel?' gofynnodd i'r ddau arall. Cain atebodd.

'Pam lai? Does gynnon ni ddim gwell i'w wneud. Efallai fod yna rywfaint o arian yn y peth i ni.'

Roedd y glaw wedi stopio a drewdod y strydoedd yn gymysg ag arogl mwy ffres y gwlybaniaeth diweddar pan ddaethant allan i'r awyr iach. Dilynodd y tri Dagmar drwy'r strydoedd tawel heb ddweud gair; roedd trigolion y ddinas yn dechrau ailymddangos ar ôl y gawod ac yn edrych yn amheus ar y pelydrau prin o haul a dorrai drwy'r cymylau bob yn hyn a hyn.

Prin y sylwodd Elai ar yr haul na'r ddinas wrth geisio dod i delerau â'i sefyllfa newydd. Roedd ei fywyd tawel mewn pentref ar gyrion y deyrnas yn bell y tu ôl iddo erbyn hyn. Teimlai rywfaint o gyffro wrth feddwl am beth allai fod o'i flaen, yn gymysg â rhywfaint o hapusrwydd ei fod yng nghwmni Rahel o hyd a rhyddhad nad oedd yn pydru mewn cell yn nyfnderoedd y garsiwn.

Yn gorwedd o dan y cyfan, fodd bynnag, roedd gwacter; doedd ganddo run syniad pwy oedd e o ddifri. Marchog Arai? Efallai, ond beth oedd hynny'n ei olygu yn ymarferol? Pryd y câi gyfle i hogi ei alluoedd . . .

Samhain! Yno, ar gornel stryd safai'r marchog, mewn arfwisg ddu, yn edrych tuag at Elai. Sychodd ceg Elai – ac yna roedd Rahel yn sefyll o'i flaen, a'i cheg yn agor a chau ond doedd yr un sŵn yn dod ohoni. Sylweddolodd Elai ei fod yn dal ei gleddyf yn ei law. Gyda'i ben yn troi, gweiniodd y cleddyf wrth i lais Rahel ddechrau treiddio i'w ymwybyddiaeth.

'Elai? Be sy'n bod?' Safai Cain a Dagmar y tu ôl iddi, y naill yn edrych yn bryderus a'r llall yn edrych yn fwyfwy diamynedd. Ysgydwodd Elai ei ben.

'Samhain. Fe welais i Samhain.'

'Samhain?' gofynnodd Cain ond chwifiodd Rahel ei llaw i'w dawelu. Edrychodd Elai tua'r cornel eto, gan wybod na fyddai'r marchog yno mwyach; nag oedd, wrth gwrs. Oedd Samhain wedi bod yno o gwbl?

'Dwi'n iawn,' meddai'n sydyn. 'Dere, Dagmar, mae'n siŵr fod dy feistr yn aros.'

'Elai?' gofynnodd Rahel. Ysgydwodd Elai ei ben yn araf.

'Dwi ddim yn gwybod,' meddai'n dawel. 'Ac am y tro, dwi ddim eisie gwybod chwaith.'

Petai ei groen fymryn yn deneuach, byddai cleren yn gallu rhoi twll ynddo, meddyliodd Elai, wrth edrych am y tro cyntaf ar Thoth-Anaos.

Eisteddai'r dewin mewn ystafell ar ail lawr ei dŷ, mewn rhan gyfoethocach o'r ddinas. Roedd yr ystafell yn llawn celfi moethus a charpedi drud, mewn arddull na welodd Elai erioed o'r blaen – er nad oedd hynny'n dweud rhyw lawer – a'r pen arall i'r ystafell safai silffoedd pren yn gwegian dan bwysau llyfrau trwchus.

Ond Thoth-Anaos ei hun a dynnai sylw Elai, Cain a Rahel. Eisteddai mewn cadair fawr, a'i gorff bregus ac esgyrnog yn diflannu i ddyfnder y clustogau trwchus. Roedd ei lygaid wedi suddo i mewn i'w wyneb; llygaid caled, oer oedd yn treiddio i fêr esgyrn y tri.

'Diolch i chi am ddod,' meddai Thoth-Anaos, a'i lais yn denau a chryg ond a'i lygaid yn cynhesu rywfaint. Chwifiodd ei law i gyfeiriad cadeiriau esmwyth.

'Eisteddwch, eisteddwch. Dwi'n deall eich bod chi'n credu mai rhyw ddewin ydw i. Mae'n ddrwg gen i eich siomi, ond dim ond casglwr hen greiriau ydw i, mae arna i ofn.' Clywodd Elai Rahel yn sibrwd rhywbeth yn dawel dan ei hanadl ond pan edrychodd arni, roedd hi'n ddistaw, yn cnoi ei gwefus isaf wrth wrando ar yr hen ŵr.

'Dydw i ddim mor heini ag y bues i,' meddai Thoth-Anaos, 'ac felly dwi'n dibynnu ar Dagmar,' – chwifiodd ei law tuag at hwnnw a oedd yn sefyll i un ochr i'r gadair – 'i edrych am greiriau diddorol y gallwn i eu prynu efallai.' Trodd ei lygaid at Elai, gan wneud i hwnnw anesmwytho yn ei gadair. 'A gennyt ti, ŵr ifanc, mae'r crair diddorol.'

Chwarddodd Elai'n nerfus. 'Dwi'n credu bod eich gwas bach wedi cael ei ffeithiau'n anghywir.' Gwgodd Dagmar arno. 'Does gen i ddim byd o un-rhyw werth.'

Gwenodd Thoth-Anaos yn ddihiwmor. 'O na;

roedd fy "ngwas bach" yn llygad ei le. Fe welodd dy gleddyf.'

'Fy nghleddyf?' Trodd Rahel a Cain i edrych ar wain Elai. 'Dim ond cleddyf cyffredin yw hwn,' meddai Elai braidd yn gloff.

'Na. Cleddyf Amasteri.'

'Ydych chi'n gwybod beth yw cleddyf Amasteri?' gofynnodd Dagmar.

'Y – na,' meddai Elai a chwarddodd Rahel a Cain yn uchel cyn i Thoth-Anaos siarad unwaith eto, a'i lais yn cryfhau wrth iddo adrodd ei stori.

'Fyddwch chi ddim yn chwerthin ar ôl i fi esbonio beth yw'r cleddyf. Allwedd yw'r cleddyf, allwedd i fydoedd eraill. Am ganrifoedd, mae'r cleddyf wedi cadw llengoedd o angenfilod a chythreuliaid rhag goresgyn y byd.' Roedd tinc dramatig yn ei lais yn awr. 'Os na fydd y cleddyf yn cael ei ddychwelyd bydd y porth cyfrin yn agor a bydd y byddinoedd tywyll yn goresgyn y byd!'

Roedd yr ystafell yn dawel am funud; treiddiodd sŵn y ddinas i mewn drwy'r ffenestri gan foddi sŵn anadlu llafurus Thoth-Anaos. Byseddodd Elai'r wain a charn y cleddyf yn feddylgar.

Crafodd Cain ochr ei drwyn. 'Mae'n swnio fel croc o stori i fi, ta beth. O's na unrhyw arian yn y fenter?'

Gwenodd Thoth-Anaos ei wên oeraidd a phwysodd ymlaen yn ei sedd a siarad. Diflannodd y crygni a'r henaint o'i lais yn llwyr.

Pennod 9

Eisteddai Elai, Rahel a Cain mewn ystafell dros dafarn y Mochyn Glas, yn glanhau eu harfau yn dawel.

'Yr arian,' meddai Cain yn sydyn.

'E?' Edrychodd Elai yn syn arno. 'Arian?'

Rhoddodd Cain ei ddagr i un ochr a rhwbio'i law ddu yn ofalus. 'Yr arian gynigiodd Thoth-Anaos i ni. Dyna'r unig reswm call sy gynnon ni dros fynd i Amasteri. Gredoch chi mo'r stori wirion 'na, do fe? Ffantasi hen ddyn gwallgo.'

'Fe lwyddodd e i'n perswadio ni rywsut,' ebe Rahel. Cododd o'r gadair bren wrth y ffenest fach a cherdded at un o'r gwelyau yn yr ystafell. Ciciodd ei botasau i ffwrdd cyn gorwedd yn ôl ar y cwrlid. 'Sgen i ddim syniad sut, cofia. Synnwn i ddim nad yw e wedi ein hudo.'

'Be bynnag, mae'n siŵr y bydd y cyfan yn ddigon cyffrous,' meddai Elai. Symudodd i un ochr yn chwim wrth i un o fotasau Rahel hwylio drwy'r awyr at ei ben.

'Paid â bod y dwp, Elai,' meddai Rahel gan orwedd yn ôl unwaith eto. 'Dwyt ti ddim yn gwrando ar storïwr y pentre yn adrodd chwedlau nawr. Fe fuest ti bron â chael dy ladd wrth gerdded o dy dipyn pentre di i Garon. Mae Amasteri yn Syracia, ar draws yr anialwch. Anialwch sy'n llawn o bethau i roi hunllefau i dy goblynnau di.'

Teimlodd Elai ddicter yn corddi ynddo a lluch-iodd ei gleddyf i gornel yr ystafell. 'Dwi'n gwybod fod hyn i gyd yn newydd i fi . . .' gwaeddodd.

'Elai!' Torrodd Cain ar ei draws yn gadarn. 'Bydd dawel! A Rahel, paid â'i bryfocio fe! Bydd raid i ni ddibynnu ar ein gilydd yn Syracia.'

Cododd Rahel ar ei heistedd. 'Mae'n ddrwg gen i, Elai,' meddai, a blinder yn amlwg yn ei llais. 'Dwi'n amau rywsut nad ein penderfyniad ni yn hollol yw mynd, ac mae'r teimlad yn 'y mhoeni i.'

'Ond ryn ni'n mynd,' atebodd Elai, yn dawelach y tro hwn, 'beth bynnag yw'r rheswm.' Cododd i nôl ei gleddyf o'r cornel, a'i ddicter yn ildio i letchwith-dod; oedd raid iddo weiddi ar Rahel, y peth olaf roedd am ei wneud? Syllodd ar ei gleddyf. 'Sut y gall y cleddyf hwn fod yn allwedd? Beth ddwedodd yr hen ddyn?'

'Mae'n ffitio i mewn i allor yn ninas Amasteri,' ebe Cain. 'Dyna'r cyfan ddwedodd e. Bydd rhywun yn dod i'n harwain ni at y lle cywir. Ond y peth pwysig yw'r arian bydd e'n ein talu ni pan ddown ni'n ôl.'

'Os 'yn ni'n achub y byd, i beth sy eisiau'n talu ni?' gofynnodd Elai.

'Dyma'n bywydau, Elai,' meddai Rahel. 'Beth arall allwn ni 'i wneud? Does gynnon ni ddim crefft na gallu arbennig, dim ond nerth braich, dewrder a'n harfau. Croeso i dy fywyd newydd, farchog.'

Griddfanodd Cain yn uchel. ' "Nerth braich a dewrder"?' Dwi'n credu 'mod i'n mynd i daflu i fyny. Na, fe a' i i lawr i'r bar a'ch gadael chi "farchogion" i chwarae fan hyn.'

Symudodd Cain at y drws a throdd yn ôl at y ddau arall; agorodd ei geg i ddweud rhywbeth, ond caeodd hi eto; gwenodd a gadawodd yr ystafell dan ysgwyd ei ben.

'Sut wyt ti'n nabod Cain?'

Ceisiodd Elai wneud i'r cwestiwn swnio mor ddihid ag y gallai. Culhaodd llygaid Rahel wrth droi i edrych arno, yna gwenodd gan estyn am ei botasau.

'Dwi'n ei nabod e ers blynyddoedd. Roedd y ddau ohonon ni'n gwarchod rhyw uchelwr . . . rywle. Alla i ddim cofio'n iawn. Roedd ei law e'n ddu bryd hynny, dwi'n meddwl. Ryn ni wedi mynd drwy sawl anturiaeth gyda'n gilydd.'

Clywai Elai lais Rahel yn dod o bell wrth iddo geisio rhoi trefn ar ei feddyliau. Eisteddodd y ddau mewn tawelwch am eiliad neu ddwy cyn i Elai siarad.

'Rahel, gwranda. Dwi'n gwybod efallai nad ydw i . . .'

Gyda hynny, hyrddiwyd y drws ar agor a baglodd corrach i mewn i'r ystafell a'i lygaid yn danbaid a gwên lydan ar ei wyneb.

'Rahel,' meddai'r corrach yn llawen, 'mae Cain wedi dechrau ffeit eto . . .'

Ochneidiodd Rahel yn uchel. 'Eto? Yffach wyllt! Reit Elai, dilyn fi.'

Rhedodd Rahel drwy'r drws ar ôl y corrach oedd yn prysur ddiflannu i lawr y coridor. Rhegodd Elai yn uchel; pwniodd fatres y gwely cyn eu dilyn drwy'r coridor ac i lawr y grisiau i far y Mochyn Glas.

Roedd y bar yn ferw gwyllt o ymladd, sgrechian a gwydr yn torri. Gwyliodd Elai Rahel yn plymio i mewn i'r dyrfa wallgof o ymladdwyr i gyfeiriad Cain a oedd yn sefyll wrth y bar yn chwifio cadair uwch ei ben. Roedd y corrach yn pwnio rhywun yn ddidrugaredd yn ei fol, a'r truan hwnnw yn gwelwi gyda phob dyrnod. Chwarddodd Elai – cyn derbyn dyrnod galed ei hun ar gefn ei ben. A sêr yn dawns-io o flaen ei lygaid trodd ar ei sawdl ac anelodd ddyrnod am y person cynta a welodd. Cysylltodd ei ddwrn yn galed â thalcen dyn ifanc gan fwrw hwnnw'n bendramwnwgl i mewn i'r grisiau.

'Go dda!' Clywodd Elai'r llais yn dod o'r tu chwith iddo a throdd i weld dyn barfog yn gwenu arno.

'Pwy sy'n ymladd yn erbyn pwy?' gwaeddodd Elai uwchben sŵn yr ymladd.

'Dim syniad!' atebodd y dyn. 'Ond cystal i ni ymuno yn yr hwyl!' Gyda hynny trodd a gafael yn y person agosa ato a'i godi uwch ei ben a'i daflu i mewn i'r dyrfa. Trodd Elai gan osgoi o drwch blewyn y gadair oedd yn hwylio drwy'r awyr at ei ben. Gafaelodd yn y gadair a'i bwrw'n galed ar draws ysgwyddau rhywun o'i flaen. Gwegiodd hwnnw ond sythodd a throi i edrych ar Elai – han-ner-orc oedd, mae'n siŵr! Suddodd calon Elai.

'Dim yn ddrwg,' meddai'r hanner-orc, cyn pwnio'r gwynt o ysgyfaint Elai. Eisteddodd Elai yn drwm ar y llawr cyn i'r hanner-orc afael mewn dyrnaid o'i ddillad a'i godi nes bod ei draed yn chwifio fodfeddi uwch y llawr.

'Dim byd personol,' meddai'r hanner-orc yn ddiniwed. Y peth ola welodd Elai oedd dwrn y creadur yn gwibio am ei ben.

"Ti'n lwcus uffernol, dwi ddim yn credu 'i fod e

wedi torri dy drwyn di.'

Gorffennodd Rahel lanhau wyneb Elai cyn troi i gael golwg ar Cain a oedd yn gorwedd ar un o'r gwelyau eraill yn eu hystafell yn y Mochyn Glas, yn hollol lonydd er pan gariwyd e'n anymwybodol i fyny'r grisiau ryw hanner awr yn gynharach.

'Bydd hwn yn iawn pan ddeffrith e hefyd, dwi'n meddwl,' meddai Rahel. Eisteddodd ar erchwyn gwely Elai gan rwbio migyrnau ei llaw dde yn ofalus. 'Damio'r dyn 'na. Bob tro ryn ni'n cwrdd, mae'r cythrel yn dechrau ffeit. Dim ond tipyn o hwyl, dwi'n gwybod, ond . . .'

'Hwyl?' Byseddodd Elai ei drwyn. 'Rych chi bobl y ddinas yn od ar y cythrel.'

'Ond chollodd neb eu tymer, a bydd pawb yn cyfrannu at yr iawndal.' Chwarddodd Rahel. 'Ond dwi'n gweld be sy gen ti – mae hwyl yn gallu bod yn boenus. Efalle . . .'

Torrwyd ar ei thraws gan gnoc ar y drws.

'Ie?' gofynnodd. Cododd Elai ar ei eistedd.

Agorodd y drws yn araf a chamodd dieithryn i mewn i'r ystafell. Edrychai'n eithaf tebyg i un o nifer o gwsmeriaid y Mochyn Glas – gwallt hir llipa a barf yn fframio wyneb tenau, gwelw uwchben siaced, llodrau a botasau o ledr trwchus gyda chleddyf a dagr wrth ei wregys.

'Wel?' gofynnodd Rahel yn amheus.

'Alarnel,' meddai'r dieithryn. Edrychodd Rahel ac Elai yn syn arno. 'Ddwedodd Thoth-Anaos ddim wrthoch chi?' gofynnodd Alarnel.

'Dweud beth?' Trodd y tri i gyfeiriad llais drwgdybus Cain a oedd wedi codi ar ei ddwy benelin ar y gwely.

'Fi fydd yn eich arwain drwy Syracia i Amasteri.'

Griddfanodd Cain yn uchel. 'Diolch byth 'mod i wedi cael cythrel o gurfa neu fe fyddwn i'n arogli rhywbeth cas yn hyn.'

'Beth wyt ti'n 'feddwl?' gofynnodd Rahel, gydag Elai yntau yn rhyfeddu at agwedd Cain. Gorwedd-odd Cain yn ôl yn swrth ar y gwely, heb ddweud dim. Trodd Rahel at Alarnel.

'Dwi'n cofio Thoth-Anaos yn dweud rhywbeth am rywun yn ein harwain i Amasteri,' meddai. 'Paid â chymryd run sylw ohono fe; ma' fe'n pwdu gan ei fod wedi colli ffeit. Babi.'

Gwenodd Alarnel, gan edrych draw at Cain. 'Dwi'n deall yn iawn. Os gallwch chi gasglu'ch offer at ei gilydd yn fuan fe adawn ni am Amasteri. Fe'ch gwela i chi wrth gatiau'r ddinas gyda'r wawr yfory.'

Rhythodd Elai'n hurt ar y drws yn cau y tu ôl i Alarnel.

'Gest ti'r teimlad erioed nad ti oedd yn rheoli dy fywyd dy hun, Rahel?'

Gwenodd Rahel ond, gan droi i edrych ar Cain, difrifolodd drwyddi a syllodd yn fyfyrgar ar ddrws yr ystafell.

Treiglodd diferyn o ddŵr i lawr helmed ddu y marchog a safai y tu allan i'r Mochyn Glas, gan oedi ar waelod yr helmed cyn disgyn i'r llaid. Cymerodd y marchog gam tuag at ddrws y dafarn cyn troi a brasgamu'n bwrpasol i'r cyfeiriad arall, a'i glogyn yn chwyrlïo y tu ôl iddo.

Pennod 10

Roedd y daith i lawr y bryniau i'r dwyrain o Garon yn llafurus, ac Elai yn rhegi dan ei anadl bob yn hyn a hyn, yn sicr fod y ceffyl oddi tano yn cynllwynio gyda'r lleill i'w daflu i ffwrdd. Plannodd ei bwysau'n ddyfnach i'r cyfrwy gan obeithio y byddai'n dysgu marchogaeth yn fuan.

Doedd 'na ddim llawer yn teithio'r ffordd i'r cyfeiriad arall, yn ôl tua Charon; roedd hi'n rhy gynnar eto, o bosib. Craffodd Elai ar hyd y ffordd a ymestynnai o droed y bryniau islaw ar draws y gwastadedd tua'r gorwel a'i lygaid yn culhau wrth weld pelydrau'r haul yn dechrau sleifio uwchben y mynyddoedd yn y pellter. Rhwbiodd ei lygaid yn flinedig, a lledr garw ei fenig yn crafu'r croen. Edrychodd ar y menig, rhan fach o'r llwyth o offer y bu'r tri ohonyn nhw yn ceisio ei gasglu ynghyd y prynhawn cynt.

Roedd gan Rahel a Cain stôr enfawr o offer mewn cist yn y Mochyn Glas, gan gynnwys sachau cryf o ledr, rhaffau, ffaglau, llusernau ac olew, a chrwyn i ddal dŵr. Yn llechu rhwng y rhain roedd pethau rhyfeddach, wedi eu casglu gan Cain a Rahel dros y blynyddoedd: symbolau crefyddol o bob math, i droi'r meirw i ffwrdd, yn ôl Rahel, memrynau gyda swynion amddiffynnol wedi eu hysgrifennu arnynt mewn llaw gain, gymhleth, a ffiolau o hylif ffiaidd yr olwg. Ceisiodd Cain ei berswadio, heb fawr o lwyddiant, y byddai'r hylif hwn yn iacháu clwyfau; tybiai Elai y byddai *derbyn* unrhyw glwyfau yn saff-ach na chynnwys amheus y ffiolau. A beth am 'droi'r meirw i ffwrdd'? Penderfynodd Elai y byddai'n ddoethach peidio â holi ymhellach am hynny.

Yn ychwanegol at y llwyth hwnnw o offer, roedd raid i'r tri brynu digon o fwyd i bara am wythnos-au. Bwyd? Roedd y term yn ymddangos yn eitha llac i Elai pan welodd y casgliad anniddorol o gig a ffrwythau wedi'u sychu ac ambell i dorth o fara oedd wedi gweld gwell dyddiau eisoes. Wedi hynny, perswadiodd Rahel Elai i brynu siaced o ledr cryf-ach i'w amddiffyn; fyddai ei got ledr bresennol ddim yn ddigon i'w amddiffyn mwyach. Roedd y daith i Amasteri yn edrych yn llai deniadol gyda phob munud newydd. Gyda'r wawr drannoeth, fe gasglodd y tri y ceffylau . . .

'Popeth yn iawn?'

Roedd Rahel wedi dod ymlaen i farchogaeth yn gyfochrog ag Elai.

"Sen i'n well 'sen i'n gallu marchogaeth,' mwmial-odd Elai.

'Does na ddim cyfrinach i'r peth,' meddai Rahel. 'Pan fyddi di wedi treulio digon o amser yn y cyf-rwy . . .'

'Olreit,' meddai Elai, ychydig yn ysgafnach y tro hwn. 'Do'wn i ddim yn cwyno. Wel, ddim llawer.'

Trodd Rahel i edrych ar Cain o'u blaenau ac ar Alarnel o flaen hwnnw, cyn troi at Elai eto, a gostwng ei llais.

'Dwi ddim yn deall ymateb Cain i Alarnel. Mae'n

dueddol o amau pawb ta beth, ond y tro hwn . . . Dwi'n cyfadde nad ydw i wedi clywed am Alarnel chwaith, ond mae'n rhaid ei fod e'n draciwr profiadol, i'n harwain ni drwy Syracia. Damio, mae Cain yn 'y mhoeni i!'

Edrychodd Elai arni'n feddylgar. 'Wyt ti'n poeni am y daith hon ta beth?' gofynnodd. Marchogodd y ddau ochr yn ochr am rai munudau cyn i Rahel ei ateb.

'Ydw, siŵr o fod. Dwi ddim yn teimlo ein bod ni'n mynd am y rhesymau iawn. Dwi ddim yn teimlo ein bod ni'n mynd am unrhyw reswm digonol o gwbl a dweud y gwir.' Cododd ei hysgwyddau. 'Fe ga i air tawel gyda Cain yn nes ymlaen efalle. Reit, dwi'n mynd i gael gair gydag Alarnel am y daith. Paid â chwympo i ffwrdd!'

Chwarddodd Elai wrth ei gwylio'n marchogaeth ymlaen, ond serch hynny gafaelodd yn dynnach yn yr awenau. Nid y ceffyl oedd yr unig reswm dros ei ansicrwydd.

Roedd haul canol dydd yn uchel yn yr awyr glir a'r pedwar wedi gadael y bryniau ac wedi dechrau'r siwrnai hir ar draws y gwastadedd. Roedd y ffordd wedi prysuro ers y bore, gyda'r un cymysgedd o deithwyr ag a welsai Elai o'r blaen yn ymlwybro tua'r ddinas o'r dwyrain.

Wrth i Elai deimlo na allai farchogaeth llathen ymhellach, awgrymodd Alarnel eu bod yn cael hoe wrth ymyl y ffordd. Yn agos i gnytaid o goed, roedd hen ddyn yn crymu uwchben crochan ar dân agored ac yn gwerthu bowlenni o gawl a thafellau o fara trwchus i'r teithwyr.

'Ffeindiwch dipyn o gysgod,' meddai Alarnel, gan ddisgyn o'i geffyl yn esmwyth. 'Fe hola i am y bwyd.' Estynnodd awenau ei geffyl i Rahel a chychwynnodd am yr hen ddyn.

Cyn gynted ag yr oedd Alarnel yn ddigon pell trodd Rahel at Cain; roedd ei ffyrnigrwydd yn synnu Elai.

'Be ddiawl sy'n bod arnat ti, Cain?' poerodd. 'Mae dy agwedd tuag ato fe wedi'n suro ni i gyd. Ddwedodd neb fwy na gair neu ddau drwy'r bore!'

Symudodd Elai i glymu'r ceffylau wrth goeden a gorffennodd Cain glymu ei geffyl yntau wrth goeden gyfagos cyn ateb, yn dawelach.

'Mae'n ddrwg gen i Rahel, Elai.' Crafodd ei ên yn araf. 'Y munud y gweles i e fe ges i deimlad drwg, rhyw deimlad greddfol nad oedd rhywbeth yn iawn.' Edrychodd i fyw llygaid Rahel. 'Ryn ni wedi trystio fy ngreddf i yn y gorffennol, Rahel. Pam lai nawr?'

'Fedrwn ni ddim fforddio anghytuno nawr,' meddai Rahel yn daer. 'Ryn ni'n dibynnu ar ein gilydd . . .'

Ymbalfalodd Rahel am y geiriau ond torrodd Cain ar ei thraws.

'Gwranda arnat ti dy hun, Rahel. Mae'r dewin yna wedi gwneud rhywbeth i ti. Rwyt ti'n colli dy hunan-reolaeth . . .'

Tawelodd Cain yn sydyn wrth i Alarnel ddychwelyd gyda dwy fowlen o gawl. Edrychodd yn amheus ar y grŵp.

'Os gwneith rhywun nôl y ddwy arall . . .'

'Fe wna i,' meddai Rahel yn fyr a brasgamu tuag at yr hen ddyn. Cynigiodd Alarnel un fowlen i Elai ac yna cyrcydodd, gwthio'i wallt llipa o'i wyneb a dechrau bwyta. Dechreuodd Elai fwyta'r cawl yn betrus, heb fawr o archwaeth rhwng popeth. Wrth flasu'r cawl, fodd bynnag, teimlodd awydd bwyd yn sydyn a bwytaodd yn eiddgar. Dychwelodd Rahel gyda dwy fowlen arall ynghyd â bara a bwytaodd y pedwar yn dawel.

Gwyliodd Elai dwr o blant yn chwarae gyda milwyr ac yn eu pryfocio'n chwareus. Teimlai ryddhad rhyfedd o weld yr olygfa heddychlon a gwenodd.

'Wedi gwneud llawer o hyn?' gofynnodd Alarnel yn sydyn.

'Y? Na, ond dwi wedi dysgu sawl gwers yn y dyddie diwetha,' atebodd Elai, gan fyseddu ei asennau yn feddylgar. Roedd y clwyfau wedi gwella'n gyflym, neu roedd e'n wytnach o lawer ar ôl ei amser yng Ngharon.

'Paid â phoeni, dwi'n siŵr bod gwaeth i ddod,' meddai Alarnel gan godi ac ymestyn. Edrychodd Elai arno'n syn.

'Reit, gyfeillion,' cyhoeddodd Alarnel, 'amser mynd.' Cododd y tri arall yn araf.

'Pwy wyt ti'n galw'n "gyfeillion"?' meddai Cain dan ei anadl. Trodd Alarnel ar ei sawdl a'i lygaid yn fflachio.

'Be ddwedest ti?' gofynnodd yn galed.

'Mae'n siŵr dy fod ti wedi 'nghlywed i'r tro cynta,' ebe Cain yn dawel, ei law'n hofran uwch ei ddagr. 'Be wyt ti am ei wneud?'

Dadweiniodd Alarnel ei gleddyf gyda symudiad esmwyth cyn i Cain fedru gafael yn ei ddagr. Daliodd flaen y cleddyf fodfeddi o wyneb Cain.

'Nawr, Cain, beth wyt *ti* am ei wneud?'

Edrychodd Cain i fyw llygaid Alarnel, gan gnoi ei wefus isaf.

'Alarnel.' Trodd Alarnel i gyfeiriad y llais mewn pryd i dderbyn dwrn Elai'n solet ar ei drwyn. Cwympodd yn ôl yn bendramwnwgl i'r baw tra hwyliodd ei gleddyf i'r cyfeiriad arall. Diolchodd Elai am y menig lledr trwchus am ei ddwylo.

Cododd Alarnel ar ei eistedd gan fyseddu ei drwyn yn ofalus.

'Ti 'di torri 'nhrwyn i.'

'Falle,' meddai Elai'n ddi-hid, wrth i Cain ddechrau chwerthin. Trodd Elai ato, gan deimlo'r dicter yn byrlymu o'i fewn, a'i fwrw'n galed ar ganol ei frest â chledr ei law. Newidiodd chwerthin Cain yn beswch wrth iddo ymladd am ei anadl.

'Gwrandwch, y ddau ohonch chi,' gwaeddodd Elai. 'Fe gewch chi ladd eich gilydd ond ar ôl i ni ddychwelyd y cythrel cleddyf yma i Amasteri. Hyd hynny, fe wnawn ni gydweithio. Iawn?'

Amneidiodd Cain yn araf.

'Iawn?'

Edrychodd Elai tuag at Alarnel ac amneidiodd hwnnw wrth godi ar ei draed ac estyn am ei gleddyf a'i ailweinio. Sylwodd Elai fod nifer o'r teithwyr wrth y crochan yn syllu arnynt. Rhegodd yn uchel a cherdded am ei geffyl.

Esgynnodd y pedwar i'w cyfrwyau a chychwyn ar eu ffordd heb air pellach.

Roedd yr haul yn isel yn yr awyr, ac Elai a Rahel yn taflu cysgodion hir. Daliai Elai ei gleddyf yn llac wrth ei ochr a chwys yn diferu o'i fraich i'r carn. Gwyliodd Cain ac Alarnel wrth y tân, yn eistedd yn ddigon pell oddi wrth ei gilydd ger y ceffylau; roedd rhywfaint o heddwch dros dro rhwng y ddau erbyn hyn. Roedd Cain wedi tynnu blanced yn dynn amdano ac yn gwylio'r ceffylau'n yfed o'r nant a redai ryw hanner canllath o'r ffordd; roedd Alarnel yn eistedd yn llonydd, a'i goesau wedi eu croesi, yn syllu ar y llawr o'i flaen. Beth oedd yn ei wneud?

Diflannodd Alarnel dan y gorwel yn ddisymwth wrth i Rahel sgubo coesau Elai oddi tano. Cwympodd yn drwm ar y llawr a'r cwymp yn gwacáu'r anadl o'i gorff. Ymladdodd i geisio anadlu a'r gwacter yn llosgi yn ei frest. Agorodd ei lygaid i weld un o fotasau Rahel yn hedfan am ei asennau.

Rhowliodd o'r ffordd, heb geisio gafael am ei gleddyf. Eiliad cyn i Rahel blannu ei phwysau ar y droed gafaelodd yn ei choes a thynnu'n galed. Cwympodd Rahel ar ei hyd ond ciciodd ei choes yn rhydd o afael Elai gan geisio codi ar ei phengliniau. Roedd Elai'n gyflymach a neidiodd arni a'i hatal rhag symud.

Cafodd ei hun ar ben Rahel, wyneb yn wyneb a'r ddau'n anadlu'n drwm. Meddalodd wyneb Rahel a gwenodd; teimlodd Elai ei gorff yn ymlacio a llwyddodd i rowlio rywfaint gyda'r ddyrnod o benelin Rahel. Cwympodd i un ochr a gorwedd yn llonydd yn y baw a sêr yn dawnsio o flaen ei lygaid. Cyrcydodd Rahel wrth ei ben.

'Diar diar, Elai. Mae'n rhaid i ti ddysgu canolbwyntio. Beth ar y ddaear oedd ar dy feddwl di?' Lledodd gwên chwareus ar ei hwyneb. Cododd Elai ei ben i ddweud rhywbeth ond gwthiodd Rahel ef yn ôl i'r llawr dan chwerthin.

'Dere, fe driwn ni ychydig o ymarferion cleddyf.'

Stryffaglodd Elai i godi a chwilio am ei gleddyf. Yn sydyn clywodd y ceffylau'n gweryru ac yn ystwyrian wrth y nant, gan dynnu ar eu tenynnau yn nerfus cyn tawelu'n ddisymwth.

'Rhyw anifail, mae'n siŵr,' meddai Rahel gan godi ei chleddyf ei hun. 'Reit, mae'n rhaid i ti wneud yn siŵr fod dy gydbwysedd yn iawn . . .'

'Rahel! Elai!' Torrodd gwaedd Cain ar ei thraws. Edrychodd y ddau arno yn chwifio ei freichiau'n wyllt. Fel un, dechreuodd y ddau redeg ato heb allu gweld yn iawn beth oedd o'i le.

Roedd Alarnel yn sefyll wrth ymyl Cain a'i gleddyf yn ei law eisoes wrth i'r ddau gyrraedd y tân. Daliai Cain ei wain ei hun yn ei law, a chraffodd i'r gwyll.

'Fe gewch chi anghofio'ch ymarfer,' meddai, gan dynnu'i gleddyf a thaflu'r wain i un ochr. 'Dyma'r peth go iawn.'

Saethodd iasau oer i lawr gwar Elai wrth i'r cysgodion drawsffurfio bob yn un a chamu i olau'r tân.

Pennod 11

Sychodd ceg Elai mewn eiliadau. Corachod, hanner-orciau; roedd y rheiny wedi bod yn ddigon o syndod ond roedd y rhain yn fater cwbl wahanol.

Roedd y pen, y breichiau a'r coesau'n gyfaddawd â'r ffurf ddynol, ond roedd rhyw gigydd gwallgof wedi bod yn siapio gweddill eu cyrff gyda chyllell heb fin. Hongiai stribedi o gnawd yn llac o'u cyrff noeth a chwympai'r croen llwydaidd, afiach i ffwrdd i ddangos cochni budr oddi tano. Roedd eu gwallt yn hir a budr, roedd crafangau toredig ar flaenau eu bysedd cryfion a'u llygaid yn gwbl ddu.

Ac roedd yna saith ohonyn nhw.

Cymerodd Elai a'r tri arall gam neu ddau yn ôl.

Yn araf a phwrpasol, dechreuodd y creaduriaid aflan wasgaru, gydag un ar bob pen yn ceisio cerdded o amgylch y pedwar anturiaethwr.

'Gwyliwch,' hisianodd Alarnel rhwng ei ddannedd. 'Maen nhw'n ceisio'n hamgylchynu ni.'

- 'Ti ddim yn dweud,' atebodd Cain.

Cryfhaodd Elai ei afael ar ei gleddyf. 'Beth 'yn nhw?'

Ysgydwodd Rahel ei phen. 'Dwi ddim yn siŵr, ond dwi'n gobeithio y gallan nhw farw. Barod?'

Gan synhwyro bwriad Rahel hyrddiodd y creaduriaid eu hunain at y pedwar. Gwibiodd crafangau un drwy'r awyr ac agor clwyf ar hyd boch Elai. Teimlodd Elai'r gwaed yn llifo i lawr o'r clwyf agored. Ceisiodd anwybyddu'r boen wrth drywanu'r creadur yn ei frest. Clywodd a theimlodd yr asgwrn yn ildio i lafn y cleddyf a throdd y llafn i'w ryddhau cyn hacio breichiau gwydn y creadur yn ddidrugaredd. Cwympodd y creadur i'r llawr o'i flaen wrth i un o'i freichiau'n ymddatod o gymal yr ysgwydd.

O'i amgylch roedd maes gwersylla'r anturiaethwyr yn troi'n faes cyflafan a llafnau cleddyfau i'w gweld am yn ail â chrafangau'r creaduriaid. Trodd Elai i wynebu un arall o'r creaduriaid gan agor stumog hwnnw ag un trawiad celfydd o'i gleddyf.

Trodd yr hunllef am y gwaethaf.

Syllodd Elai'n swrth wrth i'r creadur anfad anwybyddu ei ymysgaroedd yn tasgu o'r archoll yn ei stumog a dod yn nes ato a'i geg yn agor i ddangos rhes o ddannedd budr, miniog. Gallai Elai aroglu'r poer ffiaidd a oedd yn diferu oddi arnynt. Cododd Elai ei gleddyf yn rhy hwyr – roedd y creadur ar ei ben.

Syrthiodd y ddau i'r llawr a'r dannedd miniog yn rhwygo'n rhwydd drwy siercyn Elai. Wedi colli gafael ar ei gleddyf, ymbalfalodd Elai i geisio gwthio'r anghenfil oddi arno. Roedd arogl pydredig corff y creadur yn tynnu dagrau i lygaid Elai ond dyrnodd y pen galeted ag y gallai.

Yn raddol, dechreuodd eithafion ei olwg gochi. Ffrydiodd nerth a hyder newydd drwy Elai wrth i'r niwl coch ddisgyn dros ei lygaid – a'r tro hwn medrai weld o hyd! Roedd yn gweld y byd trwy niwl cochlyd, ond *medrai* weld o hyd, tra hyrddiai cryfder aruthrol trwy'i gyhyrau a'i wythiennau.

Dyrnodd Elai y creadur ar ei ben o'r newydd a'i daflu oddi arno. Cododd y creadur ar ei bedwar a sgyrnygu ar Elai. Taflodd Elai gic wydn i'r wyneb hyll, gan falu'r dannedd yn yfflon. Neidiodd am ei gleddyf. Chwibanodd y llafn drwy'r awyr a thrwy wddf y creadur mewn un symudiad rhwydd gan daflu'r pen i'r awyr mewn cawod o waed. Roedd gweddill y corff yn llonydd am eiliad cyn cwympo'n drwm i'r llwch.

Trodd at ei gyfeillion ond roedd y rheiny'n ddi-ogel. Trywanai Cain gorff un o'r creaduriaid ar y llawr, a hwnnw'n ystwyrian yn wyllt cyn llonyddu. Roedd Rahel yn pwyso ar ei chleddyf, yn ymladd am ei gwynt a gwaed yn gorchuddio'i chleddyf a'i breichiau hyd at ei phenelinoedd. Edrychodd Alarnel ar Elai gan ailweinio'i gleddyf. Roedd y cochni'n diflannu'n gyflym o olwg Elai. Mentrodd Alarnel wên wan, ac yna agorodd ei geg a'i chau heb ddweud dim. Tynnodd ei gleddyf a dechrau rhedeg tuag at Elai.

Syllodd Elai arno'n syn – beth oedd ar y dyn?

'Eeelaaii! Y tu ôl i ti!'

Gyda gwaedd Alarnel yn atsain yn ei glustiau trodd Elai i weld y corff di-ben yn codi ac yn cerddedd tuag ato yn herciog. Clywodd Rahel a Cain yn gweiddi y tu ôl iddo.

'Ma hwn yn symud!'

'Maen nhw i gyd yn fyw o hyd!'

Gwibiodd Alarnel heibio iddo ac ymosod yn ffyrnig ar y creadur. Cwympodd y creadur yn ôl i'r tân a throdd y corff yn goelcerth fechan ar un-waith. Edrychodd Alarnel yn wyllt ar Elai.

'Tân! Mae tân yn eu lladd!'

Plymiodd Elai am y tân a gafael mewn ffagl. Rhedodd yn wyllt tuag at Rahel a Cain. Roedd y ddau'n boddi o dan donnau o gyrff, breichiau a phennau pwdr; roedd pob aelod a darn o gyrff y creaduriaid yn fyw ac yn ymladd. Rhwygodd Elai'r creaduriaid oddi ar y ddau arall, gan daflu'r aelodau rhydd i'r tân. Ymladdodd Alarnel i'w taflu i'r fflamau, gan geisio osgoi'r crafangau a'r dannedd gwallgof a geisiai gropian tuag ato.

Roedd Elai'n bwrw'r gweddill yn wyllt gyda'r ffagl a Cain, a oedd yn rhydd erbyn hyn gyda ffagl yn ei law, yn llosgi'r creaduriaid orau y gallai.

Yn sydyn, roedd y cyfan ar ben.

'Dyna'r olaf ohonyn nhw,' meddai Alarnel, gan daflu mwy o frigau ar y tân a oedd yn llosgi'n ffyrnig erbyn hyn. Eisteddai Rahel yn llonydd a'i phen yn hongian yn llac. Syrthiodd Elai i'w bengliniau cyn eistedd yn ôl. Rhoddodd ei law ar rywbeth gwlyb ac edrychodd i lawr i weld darn o ymysgaroedd un o'r creaduriaid yn weindio'i hun o amgylch ei arddwrn. Gyda gwaedd o ofn, taflodd y cig i'r tân.

Teimlodd wendid sydyn yn llifo drosto a throdd i ffwrdd a gwacáu ei stumog ar y glaswellt y tu ôl iddo.

Eisteddai'r pedwar yn dawel yn syllu ar fflamau'r tân; bob yn hyn a hyn, symudai rhywun i estyn rhagor o frigau a'u taflu i'r fflamau. Roedd eu clwyfau wedi eu glanhau a'u rhwymo, ond clywai'r pedwar sŵn yr ymladd yn atseinio yn eu clustiau o hyd. Doedd yr un ohonyn nhw wedi ei glwyfo'n rhy wael ond roedd pob un yn dangos ôl y crafangau miniog hynny rywle ar ei gorff.

Torrodd Elai ar draws y tawelwch.

'All rhywun ddweud beth oedd y pethe 'na?'

Syllodd Rahel arno am amser cyn troi'n ôl i edrych ar y tân.

'Dwi wedi ymladd creaduriaid tebyg o'r blaen,' meddai ymhen munud. 'Creaduriaid an-fyw, yn cael eu cadw'n fyw â hud. Wnes i ddim sylweddoli beth oedden nhw i ddechrau.' Ysgydwodd ei phen yn araf.

'Pa hud oedd yn eu cadw'n fyw, 'te?' gofynnodd Elai.

Ystwyriodd Alarnel. 'Cwestiwn da. Mae'n rhaid ein bod ni wedi crwydro i mewn i diriogaeth rhyw ddewin. Neu mae 'na olion o ryw ledrith nerthol yn dal i aros yma. Dwn i ddim.'

'Grêt,' mwmialodd Cain gan rwbio'i wyneb yn araf.

'Ond fe guron ni'r rheiny, on'd do fe?' meddai Elai'n ysgafn.

Trodd y tri arall fel un a syllu arno, ac yn araf, dechreuodd y tri wenu. Daeth ebychiad bach o chwerthin o du Alarnel, gan ledu i Cain a Rahel nes bod y pedwar yn eu dagrau yn chwerthin yn galonnog. Estynnodd Cain draw at Elai a'i bwnio'n ysgafn ar ei fraich.

'Wel, Elai,' meddai, 'dyma beth oeddet ti'n mo'yn, yntefe? Antur? Wel dyma ni y peth go iawn – ychydig yn fryntach a mwy gwaedlyd na'r hyn roeddet ti'n ei ddisgwyl, mae'n siŵr.'

'Falle.' Teimlai Elai'r clwyf ar ei wyneb yn curo, a doedd e ddim yn hoffi goslef chwerw Cain. Och-

Ochneidiodd yn ddwfn. 'Bydda i'n disgwyl gwaeth o hyn ymlaen.'

Gyda hynny, tawelodd y tri arall ar unwaith a throi i syllu'n dawel ar y tân unwaith eto.

Deffrôdd Elai'n sydyn ar ôl noson wael; roedd ei glwyfau unwaith eto wedi ei gadw rhag cysgu. Roedd Rahel yn cyrcydu yn ei ymyl.

'Cwyd, Elai,' meddai'n syml, cyn sythu a cherdded i ffwrdd. Ymdrechodd Elai i agor ei lygaid i weld ble'r aethai Rahel a golau'r bore yn gwaethygu'r boen fflat oedd yn llechu yn ei ben. Safai Rahel gyda'r ddau arall a chraffu tua'r bryniau cyfagos. Gyda thrafferth ac a'i esgyrn a'i gyhyrau'n protestio, cododd Elai o'i flanced a cherdded at y tri.

'Fan'na.' Pwyntiodd Alarnel at un o'r bryniau agosaf. 'Wyt ti'n ei weld e?'

Syllodd Elai'n gysglyd ar y bryniau. Synnai o weld y bryniau mor agos, mewn gwirionedd. Taflodd gipolwg cyflym y tu cefn iddo; roedd y gwastadedd islaw bryniau Caron yn llai nag y meddyliodd i ddechrau. Neu roedd y pedwar ohonyn nhw wedi teithio llawer mwy nag y disgwyliodd ddoe. Ta waeth. Edrychodd unwaith eto tua'r bryniau gan edrych am unrhyw beth allan o'r cyffredin. Dim byd gwahanol.

Yn eistedd ar gopa bryn ryw ddwy filltir i ffwrdd roedd creadur – dduwiau, mae'n rhaid ei fod yn anferth! Hyd yn oed o'r pellter hwn roedd yr anghenfil i'w weld yn glir. Roedd yn cyrcydu ar ei ddwy goes ôl a'i ddwy goes flaen yn estyn i fyny bob ochr i'w ben.

'Beth yw e?' gofynnodd Elai.

'Draig o ryw fath. Alla i ddim dweud pa un o'r fan hyn.' Roedd llais Alarnel yn dawel.

'Ond . . .'

'Edrych.'

Chwifiodd Cain ei law'n ddiamynedd at Elai gan stopio'i gwestiwn ar unwaith. Edrychodd Elai – a rhyfeddu at yr olygfa annaearol.

Yn araf, roedd coesau blaen y ddraig yn ymestyn. Ond nid coesau oedden nhw o gwbl, ond pâr o adenydd llydain. Esgynnodd y ddraig yn urddasol i'r awyr gan guro'i hadenydd yn hamddenol, i godi'i phwysau enfawr i'r awyr yn rhwydd. Hofranodd y ddraig yn ei hunfan am funud cyn troi'n araf a chodi tua'r mynyddoedd ar y gorwel pell.

Safodd y pedwar yn dawel am funud neu ddwy wedi i'r ddraig ddiflannu o'r golwg. Trodd Rahel a mynd ati i bacio ei phethau. Symudodd Alarnel i wneud yr un peth. Trodd Cain at Elai.

'Tiriogaeth dewin, tiriogaeth draig – bydde teithio drwy'r mynyddoedd hynny'n ddigon anodd be bynnag. Ond nawr . . .' Ysgydwodd ei ben. 'Mae gen i deimlad na fydd hon yn daith dda.'

Doedd yna ddim arlliw o hiwmor yn llais Cain.

Erbyn canol y bore, roedd Cain ag Alarnel yn cweryla unwaith eto.

Roedd y daith tua'r bryniau wedi bod yn dawelach na thaith y diwrnod cynt gan fod y clwyfau, yn ogystal â gofidiau personol pob un yn lladd unrhyw sgwrs. A'r tir yn codi o'u hamgylch a'r marchogaeth yn ailagor clwyfau'r noson cynt ac yn ailgynnau'r ofnau a'r arswyd a deimlodd y pedwar yn ystod y frwydr, roedd hynny o sgwrs a basiai rhwng y pedwar yn dangos mwy a mwy o straen.

Marchogodd Rahel ag Elai yn bellach o flaen Cain ac Alarnel, gan adael i'r ddau anghytuno dros ddim byd o unrhyw bwys tragwyddol. Serch hynny, roedd Rahel yn dechrau poeni mwy am agwedd Cain.

'Dwi ddim yn deall be sy'n bod arno fe,' meddai wrth Elai'n dawel, er na fyddai'r ddau arall wedi eu clywed yn gweiddi cymaint oedd sŵn eu cweryla. 'Dwi'n dechrau amau Alarnel fy hunan erbyn hyn.'

'Efallai fod yna rywbeth arall yn achosi hynny,' meddai Elai. Edrychodd Rahel arno'n syn.

'Be?'

'Paid ag edrych fel'na arna i. Dwi'n gallu cael ambell i syniad gwreiddiol, ti'n gwbod.'

'Na, nid dyna o'wn i'n awgrymu.' Cochodd Rahel fymryn. 'Be oeddet ti'n ei feddwl?'

'Y pella 'yn ni'n mynd o Garon, y gwanna yw'r teimlad dwi'n ei gael y dylwn i fynd i Syracia. Falle dy fod ti'n iawn, mai Thoth-Anaos a'n hudodd ni rywsut i fynd ar y daith hon. Falle fod Alarnel yma i wneud yn siŵr ein bod ni'n cyrraedd Amasteri.'

Meddyliodd Rahel am hyn am funud. 'Ie, dwi'n credu dy fod ti'n iawn. Ond beth yw pwrpas y daith yn y lle cynta?'

'Dwi'm yn gwbod. Fe ffeindiwn ni ma's yn ddigon buan.'

Y tu ôl i Rahel ac Elai roedd Cain ac Alarnel wedi tawelu; roedd y ddau'n marchogaeth yn ddiserch ac yn amlwg yn corddi.

'Rwyt ti wedi newid, Elai,' meddai Rahel yn sydyn. Chwarddodd Elai.

'Beth *wyt* ti'n 'i feddwl?'

'Ti 'di dysgu llawer mewn amser byr.'

Nid atebodd Elai. Nid dysgu, ond gweld gormod mewn amser byr. Teimlai fod ei feddwl weithiau'n simsanu uwchben pydew enfawr, yn barod i ollwng ei afael ar reswm. Rywsut roedd yn dygymod â'r digwyddiadau, diolch i'w dras fel Marchog Arai, efallai. Ac roedd ganddo gymaint i'w ddysgu am hynny . . .

Ffrwynodd ei geffyl yn gyflym wrth i Rahel wneud yr un peth. Syllodd yn syn o'i flaen. Oedd 'na ddim pall ar ryfeddodau'r byd hwn?

O'u blaenau, roedd y ddaear yn dod yn fyw ac yn symud tuag atyn nhw.

Pennod 12

Fel arian byw, llifodd y llwch a'r pridd at ei gilydd a chronni ar hanner dwsin o bwyntiau gwahanol a chwyrlïo mewn cylchoedd bychain gan lusgo cerrig a phrysgwydd i'r trobyllau. Tyfodd y trobyllau wrth i fwy o lwch a phridd gronni ynddyn nhw, a dechrau ymwthio o'r ddaear ac ymestyn i fyny nes eu bod dros ddeuddeg troedfedd o uchder. Caledodd eu hamlinelliad yn siapiau dynol nes bod wyth o ffigyrau enfawr yn amgylchynu'r pedwar anturiaethwr.

Syllodd y pedwar yn syn ar y cewri o bridd a charreg, a'r ceffylau'n ystwyrian yn nerfus oddi tanyn nhw. Camodd un o'r cewri ymlaen atyn nhw a chrymu'i ben dinodwedd, pen heb lygaid, trwyn na cheg. Yna, agorodd twll yn yr wyneb lle dylai'r geg fod a chlywodd y pedwar lais dwfn, eglur yn dod ohono.

'Dewch gyda ni.'

A'r cewri'n eu hamgylchynu, doedd gan y pedwar fawr o ddewis ond symud gyda nhw. Cerddai'r wyth cawr gyda chamau breision esmwyth a theimlai Elai'r ddaear yn dirgrynu gyda phob cam, hyd yn oed drwy gyfrwy'r ceffyl. Craffodd ar y cawr agosaf; roedd y pridd a'r llwch wedi'u gweu'n dynn ac wedi ffurfio'n groen caled a garw ar ei freichiau cydnerth; roedd ei fysedd yr un trwch â siafft gwaywffon. Gallai'r rheiny greu difrod a niwed ofn-adwy, mae'n siŵr, ond a fedrai'r croen hwnnw wrthsefyll llafn cleddyf?

Trodd Elai at Rahel, ond fel pe bai hi'n synhwyro ei gwestiwn siaradodd hi gyntaf.

'Paid â meddwl am y peth, Elai. Mae 'na ormod ohonyn nhw.' Cododd Elai ei aeliau. 'Roedd e i'w weld yn glir ar dy wyneb, Elai. Gwell i ni aros i weld i ble 'yn ni'n mynd.'

'I mewn i fwy o drwbwl, siŵr o fod,' meddai Cain yn swrth.

Teithiodd y grŵp dros y bryniau drwy'r prynhawn gan stopio unwaith yn unig i adael i'r ceffylau yfed o nant ar orchymyn y cawr blaen. Wrth i'r haul ddechrau disgyn y tu ôl i gopaon y mynyddoedd yn y gorllewin o'u blaenau, edrychodd Elai'n ôl a gweld y gwastadedd yn cilio i'r pellter. Ni fedrai weld bryniau Caron o gwbl erbyn hyn a theimlodd ei galon yn suddo wedi i'r arwydd olaf hwnnw o ddiogelwch a sicrwydd ddiflannu.

Gyda dim ond llinell goch, denau o olau'r haul i'w gweld ar y gorwel, trodd y cawr blaen at y pedwar a'r geg yn agor yn ei wyneb unwaith eto.

'Fe stopiwn ni fan hyn am y nos. Fe ddechreuwn ni yn y bore.'

Yn ddiffwdan, trefnodd yr wyth cawr eu hunain yn gylch o amgylch y ceffylau a sefyll yno'n stond. Disgynnodd y pedwar a dechrau dadbacio'u blancedi a'u bwyd cyn tynnu'r cyfrwyau i ffwrdd. Closiodd y ceffylau at ei gilydd a dechrau pori'n nerfus, gan gadw mor bell â phosib oddi wrth y cewri llonydd.

Yn sydyn, cerddodd Cain yn eofn tua'r bwlch

rhwng y ddau gawr agosaf ond, wrth iddo gyrraedd y gofod hwnnw, estynnodd y ddau gawr eu breichiau'n esmwyth a'i wthio'n ofalus yn ôl i'r cylch. Trodd Cain at y gweddill gyda gwên grwca ar ei wyneb.

'Wel, roedd raid i fi drio on'd oedd?'

Gyda'r wawr drannoeth, deffrôdd y pedwar yn oer a gwlith y bore'n drwm ar eu blancedi a'u crwyn cysgu. Safai'r cewri yno'n llonydd, a sgleiniai'r gwlith ar eu crwyn garw wrth i olau'r wawr gryfhau yn y dwyrain. Aeth Rahel ac Elai drwy ddau neu dri o ymarferion i lacio'u cyhyrau styfnig.

'Dwi'n synnu eu bod nhw wedi gadael i ni gadw'n harfau,' meddai Elai gan ymarfer trywanu ac amddiffyn gyda'i gleddyf.

'Pam? Beth allen ni ei wneud yn eu herbyn nhw?' Clywodd y ddau besychiad a throdd Rahel a synnu i weld fod Cain yn ymuno â nhw i ymarfer.

'Cain, wyt ti'n sâl?' gofynnodd Rahel. 'Dwyt ti *byth* yn ymarfer, os dwi'n cofio'n iawn. Be ddwedest ti wrtha i unwaith . . .' Ceisiodd Rahel ddynwared llais Cain, "Mae gwres y frwydr yn ddigon i fi".'

Chwarddodd Elai a thynnu wyneb. Gwgodd Cain ar Rahel gan rowlio'i ysgwyddau.

'Efalle mai dyna be ddwedes i, ond fe alla i fod yn anghywir hefyd.' Ciledrychodd ar Alarnel a oedd yn cyfrwyo'i geffyl. 'Ambell waith, wrth gwrs.' Plygodd ei freichiau'n arbrofol, gan wingo wrth i un o'i glwyfau ei boeni. 'Dwi eisiau gwneud yn siŵr y bydda i'n gallu ymladd heddiw, er gwaetha'r frwydr gyda'r creaduriaid an-fyw 'na. Dwi'n amau y bydda i'n colli'n amynedd heddiw rhwng un peth a'r llall.

Sut mae 'ch clwyfe chi?'

Cododd Elai ei ysgwyddau; roedd y syniad o frwydr arall debyg i honno echnos yn corddi'i stumog. 'Yn gwella. Neu gymaint ag sy'n bosib gyda'r holl deithio 'ma. Gwranda Cain, am Alarnel, wyt ti'n meddwl . . .'

Gyda hynny, ystwyriodd yr wyth cawr fel un dyn. Rhedodd Rahel i helpu Alarnel ddal a mwytho'r ceffylau oedd yn gweryru'n ofnus.

'Amser mynd,' meddai'r cawr blaen, a'r gwlith yn diferu oddi ar ei groen.

'I ble?' gofynnodd Alarnel.

Rhewodd y cawr yn ei unfan, fel pe bai'n gwrando ar lais cudd.

'Ddim ymhell,' atebodd ar ôl eiliad neu ddwy. 'Dewch.'

Ar ôl dwy awr o deithio roedd y bryniau wedi troi'n fynyddoedd, a dilynai'r grŵp lwybr caregog ar un ochr i fwlch a dorrai rhwng dau fynydd tywyll. Chwipiai gwynt iasol i lawr y bwlch ac erbyn canol y bore roedd y pedwar wedi gorfod lapio eu blancedi a'u crwyn cysgu am eu hysgwyddau i gadw'n gynnes. Roedd y cewri wedi rhannu'n ddau grŵp, pedwar o'u blaenau a phedwar y tu ôl iddyn nhw a cherddent yn rhwydd a di-drafferth.

Yn ddirybudd, teimlodd Elai ias yn rhedeg i lawr ei gefn, ias wahanol i'r gwynt oedd yn chwyrlïo o'i gwmpas. Edrychodd o'i amgylch; teimlai fel pe bai rhywun yn ei wylio, ond ni fedrai weld neb. Ceisiodd droi yn ei gyfrwy ac edrych y tu hwnt i'r pedwar monolith o bridd a charreg y tu ôl iddo, ond roedd y llwybr yn wag y tu ôl iddyn nhw. Oedd yna rywun arall yn eu dilyn? Oedd Samhain ar ei ôl? Crynodd drwyddo a cheisiodd roi'r syniad hwnnw o'r neilltu. Roedd ganddo ddigon i boeni amdano eisoes.

Yn raddol, er mawr ryddhad i'r pedwar anturiaethwr, lledodd y llwybr a throi'n ffordd. Ar un ochr i'r ffordd codai clogwyn serth yn ymestyn i fyny ac yn diflannu i gymylau isel; ar yr ochr arall cwympai'r dibyn i ddyffryn gannoedd o droedfeddi islaw. Yn ddisymwth, rai llathenni cyn tro yn y ffordd, stopiodd y cewri yn eu hunfan. Yn ddirybudd dadfeiliodd yr wyth, gan adael wyth pentwr o lwch, pridd a phrysgwydd ar y ffordd.

'Be ddiawl . . . ?' ebychodd Cain. Disgynnodd o'i geffyl yn chwim a cherddodd yn gyflym at y pentyrrau o bridd o'u blaenau. Ciciodd y baw yn arbrofol gyda blaen ei droed.

'Piti,' meddai. 'Fe fydda i'n gweld eisie sgwrs ddifyr y rhain.'

'Beth nawr?' holodd Elai. Cyn iddo gael ateb ymddangosodd tri dyn arfog heibio'r tro. Dan glogynnau tywyll, roedd y tri'n gwisgo arfwisgoedd o gylchoedd dur bychain, yn ymestyn i lawr i'w pengliniau a'u botasau trwm tywyll. Ar eu pennau roedd helmau corniog yn cuddio'u hwynebau. Roedd y tri'n dal gwaywffyn ac roedd cleddyfau yn hongian o'u gwregysau.

Mewn amrantiad roedd cleddyf Cain yn ei law a'i ddagr yn ei law arall. Wrth i Elai, Rahel ac Alarnel estyn am eu harfau'u hunain pwyntiodd un o'r tri marchog ei waywffon atyn nhw. Llenwyd yr awyr ag arogl sur trydanol wrth i'r milwr ddweud rhywbeth mewn iaith estron, gras. Fflachiodd blaen y waywffon a saethodd rhwyd danbaid allan ohoni a glanio dros y pedwar arall a'u ceffylau. A'i olwg yn cymylu, llithrodd Elai oddi ar ei geffyl. Wrth gwympo, y peth olaf a ddaeth i'w feddwl oedd pa mor gyflym y deuai'r llawr i fyny i'w gyfarfod.

Treiddiai'r oerfel i fêr esgyrn Elai. Tynnodd y crwyn yn dynnach amdano, a dechrau cerdded unwaith eto yn ôl ac ymlaen ar draws ei gell gyfyng i geisio cadw'n dwym. Treiddiai golau gwan, llwydaidd i lawr i'r gell wag o ffenest fechan uchel, gan atgoffa Elai am gell arall y deffroesai ynddi yn ddiweddar. O leia roedd y gell arall honno'n dwymach . . .

Cymharu celloedd? Roedd e'n dechrau gwallgofi. A ble roedd y tri arall? Oedden nhw'n fyw? Rhoddodd y gorau i frasgamu'n ôl a mlaen a chyrcydodd yn erbyn y wal, gan swatio i gynhesrwydd y crwyn orau gallai. Roedd ei garcharwyr wedi'i adael gyda'r rheiny, diolch byth, er eu bod wedi mynd â'i wregys a'i gleddyf.

Deffrôdd o'i bendwmpian yn sydyn a'i galon yn rasio wrth glywed allwedd yn nrws y gell. Gwichiodd y drws ar agor a chamodd un o'r marchogion i mewn; gwisgai'r un math o helm gorniog a chlogyn â'r tri ar y ffordd fynyddig a chariai'r un math o waywffon yn ei law.

'Ar dy draed!' cyfarthodd a'i lais wedi'i bylu gan yr helm. Diflannodd drwy'r drws a dilynodd Elai, gan anghofio am unrhyw syniad o ddianc wrth weld tri marchog arall yn aros amdano yn y coridor.

'Ffordd hyn.'

Cerddodd Elai'n herciog rhwng y pedwar milwr,

ond gan gynhesu ychydig bach gyda phob cam. Wrth i'w gorff ddadmer, dechreuodd sylwi ar beth oedd o'i amgylch. Roedd y coridor wedi ei naddu o'r graig, ac o edrych ar y muriau a'r nenfwd llyfn roedd ôl gwaith degawdau yma. Ambell ffenest yn unig oedd yn y waliau, yn edrych allan ar fynyddoedd llwyd uwchben haen drwchus o gymylau, a chyn bo hir doedd yr un ffenest i'w gweld, a'r golau'n dod o ffaglau wedi eu gosod ar hyd y waliau.

Dyfalodd Elai eu bod yn symud tuag at grombil y mynydd a chyda'r syniad hwnnw ffansïodd ei fod yn twymo rywfaint. Yn fuan, dechreuodd 'laru ar y cerdded; doedd yna ddim i'w weld ond coridor, ffaglau a drysau – a phob un o'r rheiny ynghau – a phrin neb i'w weld ond ambell farchog. O'r diwedd, wrth iddo ddechrau meddwl am wneud rhywbeth ffôl, fe basion nhw drwy ddrws lletach na'r arfer a chamu i mewn i goridor llydan, prysur.

Heidiai pobl o bob math yn ôl ac ymlaen drwy'r coridor – masnachwyr, gweision, uchelwyr, teithwyr – ac onibai am y ffaith nad oedd yna olau dydd, gallasai Elai dyngu ei fod wedi dychwelyd i Garon. Caron wedi'i drochi mewn golau cochlyd, cynnes. Edrychodd am ffynhonnell y golau; doedd yna ddim llawer o ffaglau ar waliau'r coridor erbyn hyn ac eto roedd y golau cystal ag y byddai yn yr awyr agored ar ddiwedd prynhawn.

Stopiodd y marchogion am funud wrth i un ohonyn nhw gael gair â rhywun. Edrychodd Elai ar y coridor y daethon nhw ohono – ai dyna'r garsiwn ar gyfer y ddinas danddaearol ryfedd hon? Teimlodd rywun yn ei brocio o'r tu ôl a symudodd y marchogion ac yntau i lawr y coridor llydan.

Wrth gerdded, gwelai Elai dafarnau, siopau a gweithdai yn waliau'r coridor, pob un wedi ei naddu o'r graig eto. Roedd y lle'n orlawn o sŵn yn atseinio oddi ar y garreg, a'r iaith estron yn tasgu'n ôl yn rhyfeddach fyth. Ond yn raddol, teneuodd y dorf a chymerwyd lle'r bobl gyffredin gan fwy o farchogion a milwyr eraill. Cyn bo hir roedd y tafarnau a'r siopau wedi diflannu a'r coridor unwaith eto yn blaen, ond yn llydan.

Daeth y coridor i ben yn sydyn o flaen drws dwbl enfawr o bren tywyll, gyda phatrymau cain o arian wedi eu gosod i mewn i'r pren. Trodd un o'r marchogion y ddolen ddur fawr yn un o'r drysau a'i wthio ar agor, gan amneidio ar Elai i fynd drwodd. Caeodd y marchog y drws yn dawel y tu ôl i Elai.

Pennod 13

'A, ti 'di deffro o'r diwedd, Elai. A cha dy geg, ti'n edrych yn dwp.'

Sylweddolodd Elai fod ei geg yn hongian yn llac a chaeodd hi, gan glecian ei ddannedd gyda'i gilydd. O'i flaen roedd ogof wedi ei naddu'n ystafell hir-sgwar enfawr, a'r waliau a'r nenfwd wedi eu gweithio'n llyfn fel y coridorau y tu hwnt i'r drysau dwbl enfawr.

Ond yr hyn a dynnodd ei sylw ar unwaith oedd y rhwydwaith o sgaffaldiau o bres a chopr ar hyd y waliau, cannoedd ar gannoedd o lathenni o bibau a thrawstiau a'r metalau'n sgleinio yn y golau cochlyd rhyfedd, yn croesi ac ail-groesi'r nenfwd a'r waliau fel gwe pry cop gwallgof, metalaidd, cyn dirwyn at ei gilydd ym mhen arall yr ystafell. Roedd y cyfan yn cwrdd uwchben llwyfan bach ac yn gor-ffen mewn dwy ddolen dair troedfedd o'r llawr, rhyw bum troedfedd ar wahân ac yn edrych fel dwy neidr yn paratoi i ymladd.

Ac, yn eistedd yn hapus o amgylch bwrdd i un ochr i'r llwyfan ac wrthi'n turio i mewn i domen o fwyd roedd Rahel, Cain ac Alarnel. Cerddodd Elai'n araf tuag atyn nhw, gan geisio osgoi'r pentyrrau o bapurau, sgroliau a llyfrau a oedd wedi eu gwas-garu'n blith-draphlith ar hyd y llawr. Eisteddodd ar y fainc yn ymyl Cain, a'i stumog yn dechrau swnian wrth weld y bwyd. Estynnodd am dorth a thorri cwlffyn oddi arni. Cnodd ar y bara am funud tra syllai'r tri arall arno mewn tawelwch.

'Be gythrel sy'n mynd mlaen?' gofynnodd o'r diwedd.

Chwarddodd y tri'n uchel, ond rhywun arall a siaradodd gynta.

'Efallai y galla i esbonio.'

Cododd y dyn o'r tu ôl i'r llwyfan a sychu ei ddwylo ar gadach budr. Roedd wedi ei wisgo mewn dillad syml gweithiwr cyffredin a chyda'i ffrâm lydan, gyhyrog gallai'n hawdd fod yn saer neu of canol oed. Roedd stori arall i'w gweld yn ei wyneb, fodd bynnag; gallai Elai weld y meddwl miniog yn llosgi tu ôl i'r llygaid ac yn dangos yn amlwg ble roedd gwir gryfder y dyn.

'Fy enw i yw Pedraig. Fi sy'n gyfrifol am y lle 'ma. Mewn gwirionedd, fi adeiladodd y lle.'

'Dewin,' meddai Rahel wrth Elai'n dawel.

'Ie, dewin,' meddai Pedraig, 'ond mae 'ngalluoedd yn gallu bod yn handi wrth adeiladu lle fel hwn. 'Se hi wedi cymryd llawer gormod o amser 'tawn i'n dibynnu ar nerth braich yn unig. Fe gymerodd hi ddigon o amser ta beth.'

'Beth am y bobl eraill sy 'ma? A'r milwyr?' gofynnodd Elai.

'Roedd 'na bobl yn dod i 'ngweld i. 'Mhen hir a hwyr, roedd na gymuned fach wedi tyfu 'ma, roedd angen amddiffyn honno. Fe dyfodd pethau'n gyflymach na'r disgwyl. Dwi ddim wedi meddwl gormod am y peth, a dweud y gwir. Mae gen i 'ngwaith fy hun i'w wneud.'

Taflodd Elai gipolwg ar y rhwydwaith llachar ar y

waliau. 'Fe alla i weld hynny. Ond beth 'yn ni'n ei wneud yma?'

'Fel o'wn i'n dweud wrth eich ffrindiau,' ebe hwnnw, gan daflu'r cadach i un ochr ac eistedd wrth y bwrdd, 'fe fydd rhaid i chi faddau fy anghwrteisi. Fe synhwyres i fod lledrith cryf gennych chi. All neb fod yn rhy ofalus y dyddie hyn.'

'Y cleddyf. Fy nghleddyf i.' Roedd pethau'n dechrau edrych yn symlach bob dydd i Elai. Rhyfedd fel roedd dyn yn magu profiad mor gyflym.

'Yn union. Felly fe anfones i rywun i'ch hebrwng chi yma. Dwi wedi cael trafferthion yn ddiweddar ac . . .'

'Popeth yn iawn. Mae'n digwydd i bawb.' Chwarddodd Elai yn ddihiwmor. 'Dwi'n credu 'se hi'n haws petawn i'n bwyta rhywbeth. Mae hi wedi bod yn wythnos uffernol.'

Rhoddodd Rahel ei llaw ar ysgwydd Elai. 'Mae'n newydd i hyn i gyd – teithio, ymladd . . .'

'Rhaid i bawb ddechrau rywle,' meddai Pedraig. Ochneidiodd Elai'n ddramatig.

'Ond beth am y cleddyf?' gofynnodd Cain.

Cododd Pedraig a mynd ati i durio dan bentwr o bapur. 'Mae 'na ledrith cryf arno fe, ond dim byd i fi boeni amdano. A, dyma ni.' Tynnodd Pedraig gleddyf Elai o'r pentwr. 'Ac mae hwn yn perthyn i Amasteri?'

'Mae'n ffitio i allor yn Amasteri,' meddai Alarnel. 'Allwedd yw e, allwedd i fydoedd eraill.'

Cododd Pedraig ei aeliau yn chwilfrydig. 'Felly?'

Cliriodd Alarnel ei wddf. 'Wel, os na chaiff e ei ddychwelyd,' meddai, ychydig yn ansicrach y tro hwn, 'byth porth cyfrin yn agor gan ryddhau pob math o bethau i'r byd hwn.'

'Dwi ddim yn cofio gweld unrhyw beth felly yn Amasteri pan o'wn i'n byw yno,' meddai Pedraig gan estyn y cleddyf i Elai. Clymodd Elai'r wain i'w wregys yn ddiolchgar i weld a theimlo rhywbeth cyfarwydd.

'Ond does 'na neb wedi byw yno ers dros bum canrif!' meddai Alarnel.

'Chwe chanrif, mewn gwirionedd,' meddai Pedraig. 'fe adawodd yr olaf ohonon ni bum cant wyth deg o flynyddoedd yn ôl.'

Roedd llais Pedraig yn hollol wastad. Disgynnodd tawelwch llethol ar yr ystafell, gyda Rahel ac Elai yn edrych yn syn o Alarnel i Pedraig. Ysgydwodd Cain ei ben.

'Mae'n dal i swnio fel croc i fi, ta beth,' meddai, gan estyn am blataid o gig. 'Jest gobeithio fod yna rywbeth y gallwn ni ei werthu yn y ddinas.'

'Efallai y galla i fod o help i chi fan'na,' meddai Pedraig. 'Fel iawn am fy anghwrteisi.'

Cododd a mynd i chwilio ymysg yr annibendod am rywbeth. A'i llais yn dawel fygythiol, trodd Rahel at Alarnel a dweud:

'Faint mwy wyt ti'n ei wybod nad wyt ti wedi'i ddweud wrthon ni, Alarnel? Unrhyw beth pwysig, efallai? Rhywbeth alle'n lladd ni os nad 'yn ni'n gwybod amdano fe?'

'Beth wyt ti'n 'feddwl? 'Mod i'n eich twyllo chi? Pam 'sen i'n gwneud hynny? Chi gytunodd i ddod; dwi jest yn eich arwain chi i Amasteri.'

'Mae gen i fy amheuon am hynny,' sibrydodd Elai. Syllai Cain yn galed ar Alarnel tra edrychai hwnnw'n ôl yn fygthiol ar y tri. Cyn i neb ddweud rhagor daeth Pedraig yn ôl at y bwrdd â chlamp o lyfr ar agor yn ei ddwylo.

'Fe geisia i gael golwg ar Amasteri i chi. Gwyliwch.'

Symudodd beth o'r bwyd i un ochr a rhoddodd y llyfr ar y bwrdd, nesa at Elai. Roedd y tudalennau'n drwch o ysgrifen gyfrin a'r llythrennau bron yn ymddangos yn fyw, yn symud mymryn bach yn gyson. Edrychodd Elai i ffwrdd yn sydyn, gan gau ei lygaid yn dynn. Agorodd ei lygaid i weld Pedraig yn esgyn i'r llwyfan bach.

'Sut ar y ddaear 'ych chi'n cymryd y stwff hyn mor ganiataol?' gofynnodd Elai'n dawel. Cododd Rahel ei hysgwyddau a gwenu arno heb ddweud gair. Gwenodd Elai'n ôl ac ysgwyd ei ben yn araf; mae'n siŵr y dysgai yntau am y pethau dirgel hyn. Os byddai byw'n ddigon hir. Byseddodd y clwyf ar ei wyneb yn ofalus a throi i edrych ar y dewin.

Camodd Pedraig i fyny i'r llwyfan bach a gafael yn y dolennau copr a phres, un ddolen ym mhob llaw a'i freichiau'n agored. Dechreuodd adrodd rhywbeth yn dawel, a'i wefusau ond yn symud fymryn bach a'r geiriau cyfrin yn gras ac estron yng nghlustiau'r pedwar wrth y bwrdd. Cryfhaodd ei lais wrth i ddafnau o chwys ymddangos ar ei wyneb; gafaelodd yn dynnach yn y dolennau a phlannodd ei draed yn sicrach ar y llwyfan.

Teimlai Elai fel pe bai'r geiriau yn gafael yn ei du mewn ac yn dirgrynu yn ei stumog gyda'u bywyd eu hunain. Tynnodd anadl sydyn wrth i ddwylo Pedraig wrido ac, yn sydyn, roedd golau tanbaid yn disgleirio ohonyn nhw. Safai'r dewin yn llonydd a'i ddwylo'n beli o olau eiriasboeth ac, fodfeddi ar y

tro, ymestynnodd y golau o'i ddwylo ar hyd y dolen-
nau, i fyny'r rhwydwaith o bibau pres a chopr a
rannai'n ganghennau, a threiddio i bob rhan o'r we
fetalaidd. Culhaodd y pedwar eu llygaid wrth i'r
ystafell droi'n derfysg o oleuni poenus, a dreiddiai
fel cyllell i'w pennau.

Eiliad cyn i'r golau fynd yn rhy llachar i'w wylio,
saethodd degau o belydrau llachar o'r sgaffaldwaith
gloyw a chronni ar bwynt ar y llawr o flaen y
bwrdd.

Diffoddodd y golau'n ddisymwth.

'Edrychwch!'

Roedd y pedwar yn edrych ar ddinas fechan.

Roedd yr ystafell o'u blaenau wedi diflannu dan
olygfa fechan o anialwch ac, yn llechu rhwng y
twyni, gwelai'r pedwar gatiau dinas, wedi hanner
suddo i'r tywod euraid. Symudodd yr olygfa'n nes
at y gatiau, yn nes ac yn nes at y pren hynafol, sych,
nes fod y graen blinedig i'w weld yn eglur. Toddodd
yr olygfa drwy'r pren i dywyllwch. Nid tywyllwch
llwyr – roedd amlinelliad gwan rhyw lwybr neu
ffordd i'w weld drwy'r gwyll.

Symudodd llygad cyfrin y dewin ar hyd y ffordd.
Yn y pellter roedd pwynt bychan o oleuni a chyf-
lymodd y llygad tuag at hwnnw. Tyfodd y pwynt yn
fwy, yn gliriach – fflam ffagl a rhywun yn ei dal.
Safai ffigwr tal mewn clogyn hir, tywyll â'i gefn at y
llygad a'r ffagl yn ei law chwith.

Trodd ar ei sawdl a'i lygaid tywyll, oeraidd yn
llenwi'r olygfa. Rhewodd Elai wrth sylweddoli fod y
llygaid oeraidd hynny yn syllu arnyn nhw. Cul-
haodd y llygaid tywyll a chraffu ar rywbeth, ac yna
roedd yr olygfa'n cilio'n gyflym ar hyd y ffordd,

golau'r ffagl yn diflannu i bwynt bychan unwaith eto ac yna'r tywyllwch, pren y drws, y graen , y gatiau, y tywod, y twyni a'r gatiau o bell . . .

Diflannodd y rhith.

Ni symudodd neb yn yr ystafell; doedd ond clician wrth i'r pres a'r copr oeri yn tarfu ar y tawelwch a doedd ond arlliw o arogl trydanol y lledrith yn oedi yn yr awyr.

'Efallai y dylech chi ailfeddwl.'

Neidiodd y pedwar wrth y bwrdd wrth glywed llais Pedraig. Estynnodd Cain am y gostrel gwrw ac yfed yn ddwfn ohoni cyn ei phasio ymlaen i'r lleill.

'Pwy oedd e?' gofynnodd Rahel.

Eisteddodd Pedraig ar ymyl y llwyfan bach a sychu ei wyneb gyda'i lawes.

'Necromanser oedd e. Wnes i ddim ei nabod e, ond roedd e'n nerthol iawn. Ond roedd e'n gyfarwydd . . .' Chwifiodd Pedraig ei law yn amwys. 'Mae'r stwff 'ma'n cryfhau fy ngalluoedd i ddengwaith, ac – heb ymffrostio – dwi'n eitha nerthol beth bynnag. Ond i allu synhwyro swyn Llygad Azrahel fel'na . . .' Cododd ac estyn am botel o win oddi ar y bwrdd.

'Does gynnoch chi'r un syniad beth sy'n eich disgwyl yn Amasteri, bobol. Ewch 'nôl i Garon.'

Pennod 14

Gadawodd y pedwar anturiaethwr ddinas Pedraig gyda'r wawr drannoeth dan gwmwl o ansicrwydd. Er gwaetha rhybudd Pedraig a thystiolaeth y rhith, roedd y pedwar wedi penderfynu bwrw mlaen i Syracia a'r anialwch. Nid heb gweryla, wrth gwrs; roedd pawb ond Alarnel yn teimlo fel dychwelyd i Garon a neb yn dymuno hynny'n fwy nag Elai. Roedd creaduriaid an-fyw, cewri o bridd a dewin yn un peth, ond yn awr roedd necromanser yn eu disgwyl . . .

'Felly be ddiawl *yw* necromanser?' gofynnodd Elai.

'Dwi'n anghofio dy fod ti'n newydd i hyn,' atebodd Rahel, yr agosa o'r tri arall ato. 'Dewin y celfyddydau duon yw necromanser. Fel arfer wedi gwerthu ei enaid i ryw gythrel neu ddiafol hefyd. *Uffernol* o anodd i'w ladd.' Chwarddodd Rahel am eiliad. '*Pan* ma'r diawled yn marw wrth gwrs. Dwi wedi dod ar draws dau. O bell. Dau'n ormod o lawer.'

'Ond beth am dy nerth braich a'th ddewrder, Rahel?' gofynnodd Cain o'r cefn.

Gwgodd Rahel. 'Dwi'n arbed y rheiny i dy sbaddu di nes mlaen, Cain,' atebodd. Trodd yn ei chyfrwy i edrych ar Cain. 'Mae'n rhaid dy fod ti'n cofio'r un 'na yn ne Hyrcania . . .'

Chlywodd Elai mo weddill y sgwrs. Canolbwyntiodd ar lywio'i geffyl yn ofalus ar hyd y llwybr mynyddig. Roedd pethau'n parhau i ddigwydd yn rhy gyflym o lawer; doedd 'na ddim digon o amser er pan fu'n gweithio yng nghaeau ei bentref. Tybed beth oedd yn digwydd fan'no erbyn hyn? Oedd 'na unrhyw beth wedi newid?

Ond i fod yn gwbl onest, doedd Elai ddim yn hiraethu o ddifri ar ôl y pentref. Roedd ei gyfnod yno'n teimlo fel rhyw chwedl neu stori bentan, ddim yn real o gwbl. Byw neu farw oedd ei realiti nawr; gwaed cynnes yn tasgu ar ei wyneb, ei waed ei hun yn hyrddio drwy ei wythiennau wrth ymladd a goresgyn gelynion. Ac, wrth gael cyfle i feddwl, sylweddolai Elai ei fod wedi cael blas ar ddigwyddiadau'r dyddiau diwethaf; efallai, er y newid byd a'r ansicrwydd, fod yna apêl ddyfnach i'r hyn oedd yn digwydd, rhyw atyniad a boddhad, er ei fod yn foddhad mwy cyntefig o lawer nag a deimlodd erioed o'r blaen.

Wedi iddo fedru rheoli ei bŵer fel marchog Arai – a chymryd mai fe oedd wedi llwyddo i wneud hynny, nid y pŵer ei hun – roedd rhyw hyder newydd wedi deffro o'i fewn. Efallai nad oedd digwyddiadau'n symud yn rhy gyflym wedi'r cyfan; efallai fod yna gyffro newydd yn codi o'i fewn gyda'r hyder.

Ciledrychodd ar Rahel wrth ei ochr. Byddai raid iddo dynnu ar yr hyder hwnnw cyn bo hir os oedd am fod yn driw i'w deimladau. Pe bai . . .

Neidiodd mewn braw wrth i'w gleddyf ysgwyd ar ei wregys. Edrychodd i lawr – roedd y cleddyf wedi dechrau neidio'n ôl a mlaen yn sydyn, fel pe bai'n

trio dianc o'r wain. Ffrwynodd ei geffyl, heb wybod yn iawn beth i'w wneud. Heb edrych i fyny, roedd yn ymwybodol fod y tri arall wedi stopio hefyd ac yn edrych ar y cleddyf.

Llonyddodd y cleddyf yn ddirybudd.

'Be . . .?'

Boddwyd geiriau Rahel gan air arall yn treiddio i ben Elai; mil o sibrydion gyda'i gilydd yn llifo ar draws ei feddyliau.

'Saaamhhaaainnn.'

Roedd mil o leisiau'r cleddyf yn galw am eu meistr.

'Saaamhhaaainnn.'

Roedd eu meistr yn agos. Gallai Elai *deimlo'i* bresenoldeb. Gwyddai pe bai'n troi i edrych y tu ôl iddo byddai'r marchog du yn ei wylio. Pe bai'n troi . . .

'Mae *e'n* agos,' meddai'n dawel. 'Samhain.'

Edrychodd y pedwar o'u hamgylch.

Eisteddai Samhain yn llonydd ar gefn ei geffyl ryw hanner milltir yn ôl ar hyd y ffordd fynyddig. Trodd Elai ei geffyl a marchogaeth tuag ato ychydig lathenni. Roedd lleisiau'r cleddyf yn gweiddi yn ei ben erbyn hyn, yn llafarganu enw Samhain drosodd a throsodd. Gafaelodd Elai yn ngharn y cleddyf yn dynn, gan wasgu nes bod ei figyrnau'n wyn.

Distewodd y lleisiau'n ddisyfyd.

Syllodd Elai a Samhain ar ei gilydd am eiliad, ac yna trodd Samhain ei geffyl yn ei unfan a marchog-aeth i ffwrdd, gan ddiflannu o'r golwg y tu ôl i gwmwl o lwch a godai o dan garnau'r ceffyl.

Er ei fod o'r golwg am y tro, gwyddai Elai y byddai Samhain yn dychwelyd yn fuan. Yn fuan iawn.

Doedd na ddim gair o gweryl o amgylch tân eu gwersyll y noson honno, mewn ogof ganllath o'r ffordd. Doedd fawr o ddim yn cael ei ddweud, gyda'r pedwar yn pendroni dros y sefyllfa a'r perygl newydd hwn oedd ar eu gwarthaf. Eisteddai Elai ar ei ben i hun, mewn ogof lai oedd yn arwain i ffwrdd o'r brif ogof ac o olwg y tân.

Gwyddai ym mêr ei esgyrn na fyddai dychwelyd y cleddyf i Samhain yn ddigon. Byddai hynny'n rhy syml. Gallai daflu'r cleddyf i ffwrdd, ei adael yn yr ogof hon, ond gwyddai rywsut nad hynny oedd yr ateb; roedd hi'n annhebyg mai cyfathrebu oedd unig dalent y cleddyf. Na, roedd 'na gysylltiad wedi'i sefydlu rhyngddo ef a Samhain, ar y llwybr i'r pentref ar y noson dyngedfennol honno, cysylltiad wedi'i fathu a'i fedyddio mewn gwaed ac a gâi ei gladdu mewn gwaed.

'Ti'n iawn?'

Neidiodd Elai wrth glywed llais tawel Rahel y tu ôl iddo a throdd tuag ati. A'i hwyneb dan gysgod tywyll, safai yng ngheg yr ogof fechan a golau'r tân y tu hwnt i'r tro yng ngheg yr ogof yn ei hamlinellu.

'Ydw, dwi'n iawn. Jest yn meddwl.'

Nesaodd Rahel ato. 'Gwell i ti gael hwn.' Estynnodd un o grwyn Elai iddo, gan lapio'i hun yn ei chlogyn ei hun. Swatiodd Elai'n ddiolchgar yn y croen wrth i Rahel eistedd yn ei ymyl.

'Rwyt ti'n gwneud llawer gormod o hyn,' meddai Rahel. 'Meddwl.'

'Mae llawer wedi digwydd . . .'

'Mae rhai pethau jest yn digwydd. Ond rwyt ti'n

dal yn fyw, yn dal yn dygymod.'

'Fwy neu lai. Diolch i Cain . . . ac i ti.' Teimlodd Elai ei wyneb yn cochi a diolchodd am y tywyllwch. Taflodd gipolwg ar Rahel; prin y medrai weld ei hamlinelliad yn nhywyllwch yr ogof fechan.

'Rwyt ti'n farchog Arai,' meddai Rahel. 'Mae gen i ddyletswydd i edrych ar dy ôl di.'

'Dyna i gyd? Dyletswydd?' Damniodd Elai ei geg fawr. Ni ddywedodd Rahel air.

'Gwranda, nid dyna beth o'wn i'n 'feddwl,' dechreuodd Elai ond roedd wyneb Rahel yn agos ato a chynhesrwydd ei hanadl yn chwarae ar ei wyneb.

'Falle fod yna fwy,' meddai Rahel.

Teimlodd Elai ei dwylo garw yn cyffwrdd â'i wyneb eiliad cyn iddi hi ei gusanu. Gafaelodd Elai ynddi, gan ymollwng i'r gusan ddofn. Gwthiodd Rahel Elai i ffwrdd yn sydyn. Suddodd calon Elai ond yna roedd Rahel yn diosg ei chlogyn ac yn gwthio Elai i'r llawr.

Cusanodd y ddau, yn galetach y tro hwn wrth i'r blys godi ynddynt. Ffwndrodd Elai gyda dillad Rahel a'i fysedd yn crynu ac yn gwrthod cydweithio. Cyflymodd ei anadlu wrth deimlo croen Rahel dan ei ddwylo a'i bron yn feddal a chynnes yng nghledr ei law. Teimlodd law Rahel yn datod ei lodrau cyn iddo ymgolli'n llwyr yng ngwres ei chnawd.

Deffrôdd Elai yn sydyn a'i galon yn ei wddf. Treiddiai mymryn o olau dydd i'r ogof fechan; cysgai Rahel o hyd wrth ei ochr, yn gynnes yn ei erbyn dan y crwyn a'r flanced. Gwenodd Elai, ond ciliodd yr atgofion am y noson cynt wrth iddo glywed sŵn tincial wrth ei ochr.

Cleddyf Samhain. Roedd ei berchennog yn agos.

Estynnodd ei law allan o gynhesrwydd y crwyn a gafael yn ngharn oer y cleddyf; teimlodd y dirgryniadau yn pylu, ond roedd 'na ryw gryndod yno, yn y cefndir, o hyd. Gwthiodd y cleddyf o'i gyrraedd yn ddiamynedd a swatio unwaith eto yn erbyn Rahel. Agorodd honno ei llygaid.

'Be sy?'

'Y cleddyf.' Ochneidiodd Elai. 'Mae Samhain yn agos.'

'Dwi ddim yn credu yr aiff e'n bell nawr ei fod e wedi dy weld di,' meddai Rahel a blinder a diniweidrwydd y bore yn drwchus yn ei llais. 'Dere, gwell i ni godi.'

Ystwyriodd Rahel a chodi ar ei heistedd cyn estyn am ei dillad. Gwyliodd Elai'r cyhyrau yn chwarae dan groen ei chefn, croen llyfn ond am graith hir yn ymestyn o'i hysgwydd dde i'w chlun. Dilynodd y llinell wen â'i fys.

'Sut cest ti hwn?'

'Fe gerddes i ffwrdd o ffeit mewn dinas unwaith. Doedd hi ddim yn werth y drafferth, ond roedd y llall yn credu'n wahanol. Y wers bwysica ddysges i erioed, i beidio â throi 'nghefn ar unrhyw un.'

Edrychodd Rahel dros ei hysgwydd ar Elai a gwenodd.

'Gwna'r gorau o dy groen, Elai. Fe gesgli di ddigon o'r rhain cyn bo hir.'

Gorffennodd Rahel wisgo a chasglodd ddillad Elai yn ei breichiau a'u taflu ar ei ben.

'Dere mlaen. Gwell i ti symud.'

Symudodd Elai ddim ond syllodd arni am funud.

'Rahel . . .' dechreuodd.

'Na, Elai,' torrodd hi ar ei draws. 'Rho'r gore i'r holl feddwl 'na. Mae pob dim yn iawn.' Cyrcydodd yn gyflym a'i gusanu'n dyner. 'Un diwrnod ar y tro, iawn?'

Erbyn i Elai orffen gwisgo, roedd e wedi anghofio'n llwyr am Samhain.

Doedd Samhain, fodd bynnag, ddim wedi anghofio am Elai. Tynnodd ei helm ddu a'i rhoi ar y llawr wrth ei ymyl: roedd hi'n braf teimlo'r awel ar ei wyneb. Edrychodd i lawr o bell ar geg yr ogof, a gwylio'n fyfyrgar wrth i'r pedwar gyfrwyo'u ceffylau a pharatoi i symud ymlaen.

Trodd at ei geffyl a'i gosi y tu ôl i'w glust cyn tynnu map o'i sgrepan ledr a'i astudio. Tro lwcus iawn oedd dod ar draws Dagmar yng Ngharon wedi i'r pedwar weld Thoth-Anaos. Mater chwerthinllyd o syml oedd cael y gwir ganddo; byddai'r ffŵl wedi gwerthu ei blant ei hun iddo. A hynny heb i Samhain osod bys arno.

Gwyliodd Samhain y pedwar yn diflannu o'r golwg a dychwelodd y map i'r sgrepan. Byddai wedi hen gyrraedd Amasteri ymhell o'u blaenau.

Pennod 15

Amasteri.

Ochneidiodd Elai mewn rhyddhad wrth i gatiau'r ddinas ddod i'r golwg dros ymyl y twyni; o'r diwedd, ar ôl chwe diwrnod anghyffordus yn anialwch Syracia. Disgynnodd Elai o'i geffyl a cherdded yn hamddenol at y gatiau mawr, wedi hanner eu claddu yn y twyni, ac edrychodd yn araf o'i amgylch. Sychodd y chwys oddi ar ei wyneb gyda'i lawes, a rhegi'r tywod mân am grafu'i groen: doedd dim byd *ond* tywod yn ymestyn i'r gorwel ac yno, yn llinell denau aneglur drwy'r tes, roedd y mynyddoedd. Roedd e'n dechrau gweld eisiau oerfel cysurus y mynyddoedd hynny. Ciledrychodd ar Rahel rai llathenni i ffwrdd. Roedd e'n gweld eisiau'r nosweithiau hefyd.

Estynnodd am ei botel ddŵr o'i gyfrwy a chymryd llwnc cyn astudio'r gatiau unwaith eto.

'Tipyn o ryfeddod, 'ndê?' meddai Cain, wrth ei ochr yn ddirybudd. Amneidiodd Elai'n araf. Roedd y porth wedi cadw'n dda: dau ddrws bron i ugain troedfedd o daldra a'r pren tywyll wedi gwynnu rywfaint yn ngwres llethol yr haul Syracaidd, a rhesi o folltau dur yn rhedeg o'u topiau i'w gwaelod. Ond dim ond ychydig lathenni o waliau Amasteri yn diflannu i'r tywod o boptu'r gatiau oedd ar ôl i ddangos fod yna ddinas wedi bod y tu ôl i'r porth enfawr.

Syllodd Elai'n galed ar yr hollt agored rhwng y ddau ddrws ac i'r tywyllwch dudew y tu hwnt, tywyllwch er gwaetha golau cryf yr haul. 'Be ddwedodd Pedraig? Am y ddinas?' gofynnodd.

'Storm wedi ei chladdu, mae'n debyg, storm barodd am dros chwe mis. Roedd e'n amau rhyw hud y tu ôl i'r cyfan.'

'Wyt ti'n ei gredu fe?'

'Pam lai?'

Rhoddodd Elai ei botel ddŵr yn ôl i hongian wrth y cyfrwy. 'Na . . . ei fod e wedi byw yma chwe chanrif yn ôl.'

'Ydw, creda neu beidio. Dwi wedi gweld a chlywed pethau gwaeth.'

Chwarddodd Elai'n sych. 'Wyt ti a Rahel yn trio gwneud argraff arna i neu ydy'r cyfan yn dod yn naturiol? Gewch chi stopio nawr, dwi wedi 'mherswadio.'

'Fe glywes i hynna.' Tynnodd Cain wyneb ar Elai wrth i lais Rahel ddod o'r tu ôl i un o'r twyni gerllaw. 'Dewch 'ma, mae na werddon o ryw fath yma.'

Arweiniodd Elai a Cain eu ceffylau heibio'r gatiau. Cil-edrychodd Elai ar Cain. Doedd e nac Alarnel wedi sôn fawr ddim am y ffaith fod Rahel ac yntau wedi bod yn rhannu eu crwyn cysgu bob nos yn ystod y daith – ac eithrio rhywfaint o grechwenu wedi'r noson gyntaf honno – ond mewn gwirionedd doedd 'na fawr wedi newid. Roedd caledi'r teithio wedi cadw'r pedwar yn rhy brysur i sgwrsio llawer, ac wrth iddyn nhw nesáu at Amasteri, roedd meddwl am beth allai fod o'u blaenau wedi eu tawelu'n llwyr.

'Dŵr!'

Chwalodd gwaedd Cain synfyfyrdod Elai'n deilchion wrth iddo ollwng awenau ei geffyl a rhuthro am y pwll o'i flaen. Neidiodd i'r dŵr – gan ymddangos fel petai'n hofran am eiliad – cyn cwympo fel plwm.

Daeth i'r wyneb â gwên lydan.

'Wnes i ddim gwlychu neb, do fe?'

Gyda haul canol dydd yn crasu'r anialwch o'u hamgylch, roedd y pedwar wedi codi cysgodlen o fath yn erbyn rhan o waliau'r ddinas gan ddefnyddio'u blancedi a'u crwyn cysgu ac, er gwaetha'r gwres llethol, roedd y pedwar yn gwbl effro wrth drafod eu cynlluniau.

'Beth am y ceffylau?' gofynnodd Elai.

'Fe glymwn ni nhw y tu fewn i'r porth,' meddai Alarnel. 'Dwi'n amau y bydd na lawer o ladron o amgylch y lle 'ma.'

'Beth fydd y tu mewn?'

'Elai!' Rhwbiodd Cain ei lygaid yn flinedig. ''Dyn ni'n gwybod fawr mwy na ti. Bydd jest rhaid i ni obeithio am y gore. Fydd hi ddim yn hawdd, os yw e unrhyw beth yn debyg i'r llefydd fuon ni ynddyn nhw gynt, 'ndê Rahel?'

'Ond fuodd na run necromanser yn aros amdanon ni o'r blaen, Cain.'

'Efallai na welwn ni hwnnw,' cynigiodd Alarnel.

'Ac os gwnawn ni?' Ysgydwodd Rahel ei phen yn araf. 'Beth wedyn, Alarnel?'

'Dwi ddim yn credu . . .' dechreuodd Alarnel, ond roedd llais Elai yn uwch.

'Efallai 'yn bod ni hefyd wedi anghofio *pam* rydyn

ni wedi dod yma.' Roedd llais Elai'n gryf ac awdur-dodol wrth syllu i fyw llygaid Alarnel. '*Os* oes 'na unrhyw wirionedd y tu ôl i stori Thoth-Anaos.'

Ond syllai Alarnel yr un mor gadarn i lygaid Elai wrth ateb yn ddi-emosiwn. 'Be wyt ti'n ei feddwl? Chi gytunodd i ddod yma.'

'Gan gymryd mai o'n gwirfodd 'yn ni 'ma,' meddai Cain yn dawel.

'Sut arall y daethon ni yma?'

'Rhyw ledrith i'n cadw ni i fynd nes y byddai hi'n hurt i droi'n ôl.'

'Neu digon i ni beidio â meddwl am y cleddyf.' Roedd Elai yn dechrau teimlo'n anghyfforddus. 'A pham gwnaeth Samhain ei ddwyn e yn y lle cynta? A phryd?'

Roedd Alarnel wedi gwelwi tipyn erbyn hyn ac edrychai'n anghyfforddus.

'Dwi ddim yn gwybod yr atebion,' meddai'n daer. 'Dim ond gwas bach Thoth-Anaos ydw i. Mae e'n fy nhalu i a dwi'n gwneud ei waith. Ac fel arfer, gore i gyd y lleia dwi'n ei wybod.'

'Cyfleus iawn,' sibrydodd Cain rhwng ei ddan-nedd.

'Cain, y cythrel . . .' Wrth i law Alarnel symud am ei gleddyf dechreuodd Cain yntau estyn am ei ddagr. Gyda llafn cleddyf Alarnel hanner ffordd allan o'i wain derbyniodd Cain gic egr i'w frest ac ymddangosodd blaen cleddyf Rahel wrth gorn gwddf Alarnel. Rhewodd Alarnel yn ei unfan a gor-weddodd Cain yn swp lle disgynnodd. Roedd llais Rahel yn galed.

'Gwrandewch, y ddau ohonoch chi. Cyn bo hir fe fyddwn ni'n dibynnu ar ein gilydd. Gwell i chi benderfynu nawr os 'ych chi am fod yn y sefyllfa 'ma. Os na – wel 'ych chi'n gwybod y ffordd 'nôl.' Amneidiodd ar draws y diffeithwch a thua'r mynyddoedd gyda'i chleddyf. Cwympodd Alarnel 'nôl mewn rhyddhad wrth i'r llafn ddiflannu o'i wddf.

'Ond rwyt ti'n gwybod beth 'yn ni'n ei feddwl,' meddai Cain. Cododd aeliau Alarnel o glywed hyn.

'Ydw, ond dyw e ddim yn bwysig rhagor. Ti'n iawn, ryn ni wedi dod yn rhy bell i droi'n ôl ac,' edrychodd ar Elai, 'mae'n rhy hwyr i ddechrau meddwl pam. Er gwell neu er gwaeth. Cystal i ni gael golwg ar y ddinas.'

Bu tawelwch am funud.

'Nerth braich a dewrder, Rahel?' meddai Cain yn chwareus.

Gweiniodd Rahel ei chleddyf. 'Os dewn ni ma's yn fyw fe dorra i nhw bant, Cain, wir i ti.'

Tynnodd Cain wyneb a chwarddodd Rahel, gydag Alarnel yn ymuno yn y chwerthin, yn ddiolchgar am ryddhau tensiwn y funud.

Edrychai Elai'n fyfyrgar i'r pellter, heb glywed y chwerthin.

Ardderchog.

Disgynnodd dyrnaid o lwch ar y tân a'i ddiffodd gan ddiweddu'r rhith. Cododd Samhain oddi ar ei gwrcwd a dechrau ymestyn ei gyhyrau. Os oedd y pedwar yn cweryla'n barod byddai'n haws eu lladd. Teimlai'r gwaed yn llifo'n rhwyddach wrth i'w gorff lacio a'r chwys redeg yn rhwydd oddi ar ei groen yng ngwres tanbaid yr anialwch.

Roedd wedi penderfynu yn erbyn mynd i mewn

i'r ddinas o'u blaenau nhw; gwell gadael iddyn nhw ffeindio'r trapiau a'r angenfilod o'i flaen. Ac roedd e wedi synhwyro rhywbeth cryfach yn y ddinas, rhywbeth estron, milain o ddeallus a chryf ei hud. Peryglus iawn.

Estynnodd am ei gleddyf o dan ei arfwisg a oedd yn bentwr ar y llawr, a dechrau ymarfer trawiadau ac amddiffyniadau'n hamddenol. Cleddyf cyffredin, wrth gwrs, nid yr arf oedd wedi datblygu'n estyniad o'i fraich dros y blynyddoedd. Roedd hwnnw ganddo *fe*. Oedd e wedi sylweddoli arwyddocâd y cleddyf eto? Go brin – rhy ddiniwed o lawer. Serch hynny, roedd ei alluoedd ymladd wedi gwella ddengwaith er pan gyfarfu'r ddau y tro cyntaf. Ac, wrth gwrs, roedd e'n farchog Arai. Gwenodd Samhain – am y tro cyntaf mewn dyddiau – a bwrw ati i daflu golwg dros ei arfwisg.

Byddai Elai'n fawr o broblem i un arall o'r urdd, wrth gwrs.

Llai na milltir i ffwrdd, roedd Elai'n parhau i syllu i'r pellter. Roedd e yna. Samhain. Gallai deimlo ei bresenoldeb, er fod y cleddyf wrth ei ochr yn dawel. Byddai'r ddau ohonyn nhw'n cwrdd yn fuan.

Teimlodd rywun yn cyrcydu yn ei ymyl. Rahel.

'Ydy e ma's yna?' gofynnodd hi'n dawel.

'Ydy. Yn agos iawn eto. Fe ma's yna, neu'r necromanser yn aros amdanon ni yn Amasteri. Dewis da.'

'Cadw dy lygaid ar agor a gwylia dy gefn.'

Edrychodd Elai'n gyflym ar Rahel ac yn ôl at y gorwel.

'Braidd yn gloff, Rahel.'

'Dwi'n gwybod, ond mae'n ddechrau da.' Edrychodd Elai arni unwaith eto; roedd hi'n gwenu. Pwysodd Elai ati a'i chusanu'n ysgafn.

'Gobeithio y byddwn ni byw i weld y diwedd. Beth bynnag fydd hwnnw.'

Yn nyfnderoedd Amasteri, symudodd rhywbeth. Yna doedd na ddim ond tywyllwch unwaith eto, a thawelwch.

Yn aros.

Pennod 16

O fewn munudau i Elai gamu drwy borth Amasteri roedd e'n gweld eisiau cael ei hanner dallu gan olau llachar yr haul Syracaidd.

Y tu hwnt i olau sigledig eu ffaglau, lledai tywyllwch llwyr, heb ronyn o oleuni'n llwyddo i dorri'r llen ddudew o'u hamgylch. O fewn dyfnder y tywyllwch roedd 'na deimlad o wacter mawr; doedd Elai ddim yn hoffi'r teimlad hwnnw o gwbl.

Wedi penderfynu – yn fyrbwyll, ym marn Elai – rhoi'r gorau i geisio rhesymu ynglŷn â'u sefyllfa, bwriasai'r pedwar ati i baratoi eu hoffer a'u harfau. Cafodd y ceffylau eu ffrwyno y tu mewn i'r porth, gydag ychydig o ddŵr iddyn nhw; ond wrth gario'r bwcedi o'r werddon, amheuai Elai a fyddai hynny o ddŵr yn ddigon i'r ceffylau am yr oriau y byddai yntau a'r tri anturiaethwr arall yn y ddinas hynafol. Gobeithient – yn ofer, yn ei farn ef – y byddent yn dychwelyd i'r porth cyn i'r bwcedi wagio.

A phob dim yn barod a phob un â ffagl yn ei law, camodd y pedwar drwy'r gatiau: Alarnel ar y blaen, Rahel y tu ôl iddo, yna Elai a Cain yn gwarchod y cefn. Roedd canrifoedd o stormydd tywod wedi gorchuddio'r ddinas yn llwyr, gan droi'r ffyrdd a'r coedlannau'n dwneli oer. Wrth gerdded yn wyliadwrus i lawr prif stryd y ddinas gynt, a'r tunelli o dywod uwch eu pennau a'r haenen denau o dywod ar y ffordd yn lladd atsain eu traed, ceisiai Elai ddychmygu Amasteri ar ei anterth: strydoedd lliwgar, swnllyd, miloedd o bobl yn . . .

Disgynnodd gronyn o dywod ar wyneb Elai. Edrychodd i'r tywyllwch uwch ei ben a'i galon yn suddo. Teimlai'n anghyfforddus o gynnes yn ei siercyn o ledr trwm. Anwybyddodd y syniad arswydus a ddaeth i'w ben a lleisiodd y syniad cynta arall a ddaeth iddo.

'I ble 'yn ni'n mynd?' gofynnodd, gan deimlo'n hurt ar unwaith.

'Yn syth i lawr y brif stryd i ganol y ddinas,' meddai Alarnel. 'Roedd y deml y tu ôl i'r garsiwn, yn ôl Pedraig.'

'Os yw hi yna o hyd, wrth gwrs,' meddai Cain yn goeglyd o'r cefn.

'Cain, paid â dechrau.' Edrychodd Rahel dros ei hysgwydd ar Elai a Cain, caledi maes y gad yn llenwi ei llais. 'Caewch eich pennau ac agorwch eich llygaid. Ac er mwyn y duwiau tynnwch eich arfau'n barod.' Yn annisgwyl, chwarddodd yn ysgafn. 'Be dwi'n ei wneud gyda chi fan hyn? Amaturiaid.'

Dadweiniodd Elai a Cain eu cleddyfau'n ddiffwdan. Teimlai Elai'n fwy cyfforddus o deimlo'r carn yn ei law, carn oedd wedi dod yn gyfarwydd iddo mewn amser byr iawn. Cyflymodd atgofion sgarmesau'r pythefnos diwethaf guriad ei galon wrth iddyn nhw 'fwrw ymlaen i grombil y ddinas. Yn ei feddwl, ceisiai redeg drwy'r ymarferion ymladd roedd Rahel ac yntau wedi bod yn eu gwneud ar hyd y daith, ond y cyfan ddaeth i'w ben oedd gweithgaredd fwy heddychlon. Gwridodd, gan ddiolch eto am y tywyllwch o'i amgylch.

Dyheai Elai am weld rhywbeth y tu hwnt i derfyn goleuni'r ffaglau; y tu ôl iddo roedd y gatiau a golau dydd wedi hen ddiflannu ers – ers faint? Roedd treigl amser wedi ei gymylu'n llwyr gan rythm eu traed, ei anadl, curiad ei galon, a'r tician yn y cefndir.

Sylwodd yn sydyn ei fod wedi bod yn gwrando ar y tician ers meityn, ond heb sylweddoli ar lefel gwbl ymwybodol ei fod yno. Gwrandawodd yn astud: dyna fe, yn cadw i rythm eu traed. Gwenodd; roedd yna atsain yn y lle hwn wedi'r cyf . . .

Doedd atsain ddim yn baglu.

Rasiodd syniadau'n wyllt drwy feddwl Elai. Gan reoli'r cryndod yn ei lais, siaradodd yn bwyllog ac isel.

'Stopiwch, nawr.'

Roedd goslef ei lais yn ddigon. Stopiodd y tri arall yn stond. Gan synhwyro'i bryder amlwg, trodd Rahel ato a dweud yn isel.

'Be sy?'

'Mae 'na rywun yn ein dilyn ni. Bob ochr, yn y tywyllwch.'

'Dychmygu rwyt ti,' meddai Alarnel yn watwarus.

'Na.' Trodd Cain i edrych y tu ôl iddo gan ddal ei ffagl o'i flaen. 'Fe glywes i'r sŵn hefyd. Ro'wn i'n meddwl mai atsain oedd e.'

'Ond dyw atsain ddim yn baglu,' meddai Elai.

Amneidiodd Cain. 'Yn union. Cerddwch mlaen, yn gyflymach,' meddai'n dawelach, 'a stopiwch mewn ugain cam.'

'Twpdra . . .' dechreuodd Alarnel, cyn i bwniad gan Rahel ei dawelu.

'Cerdda,' meddai hi'n gadarn.

Ar ôl ugain cam, stopiodd y pedwar yn stond. Cymerodd yr 'atsain' dipyn mwy o amser i stopio.

'Gadewch i ni gynnau ffagl arall yr un yn glou,' hisianodd Rahel. 'Elai, ti a Cain gynta.' Chwiliodd y ddau yn eu paciau am ffagl a fflint ac mewn munud poerodd dwy ffagl yn olau, a dwy arall gan Alarnel a Rahel eiliadau'n ddiweddarach.

'Cain ag Elai, taflwch nhw i'r dde. Alarnel i'r chwith.' Ufuddhaodd y tri'n ddigwestiwn a hedfanodd y ffaglau i bob ochr i'r pedwar, a gwreichion yn tasgu i'r düwch wrth iddyn nhw fwrw'r llawr.

'Azahoth wyllt.' Taflodd Alarnel ei ffagl arall i'r llawr ac estynnodd am ei darian gron oddi ar ei gefn. A'i geg yn sych, taflodd Elai ei ffagl yntau i ffwrdd, gan weld drwy gornel ei lygaid ffaglau Rahel a Cain yn disgyn hefyd.

Safai dwsinau o greaduriaid bob ochr i'r pedwar, gan syllu arnyn nhw'n dawel. A'u siâp mwy neu lai'n ddynol, roedd eu hwynebau'n fwy dieflig na dynol, a'u llygaid yn wyn a'u cyrff noeth mor welw fel eu bod bron yn dryloyw. Ond doedd 'na ddim byd estron am yr arfau yn eu dwylo: cleddyfau, cyllyll a gwaywffyn a'r fflamau'n pefrio ar y llafnau.

A chri annaearol yn ystwyrian yn eu gyddfau, dechreuodd y creaduriaid symud tuag atynt fel un dyn. Ceisiodd Elai, heb lwyddiant, reoli ei anadlu a'i galon yn codi i'w wddf.

'Cefn wrth gefn,' meddai Rahel dros y sŵn. 'Gadewch iddyn nhw ddod aton ni.'

Closiodd y pedwar at ei gilydd; tyfai'r gri yn annioddefol o uchel yn eu clustiau nes troi'n sgrechian a boddi'n sydyn dan glindarddach arfau'n taro wrth i'r creaduriaid daflu eu hunain at yr antur-iaethwyr.

A'r cyntaf ohonyn nhw ar ei warthaf, trawodd Elai bicell y creadur i un ochr gyda'i gleddyf a thorri i lawr drwy asgwrn yr ysgwydd. Gyda chic wydn i'r creadur i ryddhau llafn y cleddyf, paratôdd i wynebu'r nesaf. Roedd hwnnw'n gyflymach na'i gymrawd cyntaf. Brathodd llafn ei gleddyf i mewn i ysgwydd chwith Elai, tra bwriodd y ddyrnod ef i'r dde ac yn erbyn Rahel. Baglodd hithau a rhegi wrth geisio amddiffyn yn erbyn ymosodiadau mileinig y creadur oedd o'i blaen hithau.

Roedden nhw'n rhy agos at ei gilydd. Yn beryglus o agos.

Neidiodd Elai ymlaen, gan droi i un ochr yn chwim i osgoi ail drawiad gan y creadur. Ar am-rantiad gafaelodd yn yr arddwrn gwelw a thrawodd yr wyneb cythreulig o'i flaen gyda charn ei gleddyf cyn gostwng y llafn a thynnu'r creadur arno. Cwympodd y creadur marw yn llipa yn ei erbyn, a llafn gwaedlyd y cleddyf yn sticio allan o'i gefn, a llifodd ei waed yn gynnes dros law Elai.

Defnyddiodd Elai'r corff fel tarian yn erbyn ym-osodiad o'r chwith, o'r dde, a'i ysgwydd glwyfedig yn sgrechian â phob symudiad, cyn gwthio'r corff i ffwrdd, a thynnu ei gleddyf yn rhwydd o'r clwyf. Fflachiodd y llafn mewn hanner cylch a chwymp-odd tri chreadur arall i'r llawr. Ceisiodd y trydydd godi ond llonyddodd o dan ergyd arall gan gleddyf Elai.

Edrychodd Elai'n frysiog o'i amgylch; roedd Rahel, Cain ag Alarnel ar eu traed o hyd ond yn wynebu dros hanner dwsin o'r creaduriaid yr un . . .

Teimlodd ergyd yn dod amdano.

Ergyd farwol.

Trodd ar ei sawdl i weld llafn picell yn dod at ei frest ond, wrth i hwnnw ddod o fewn troedfedd i'w siercyn lledr, yn wyrthiol, ymddangosodd yr ergyd fel pe bai'n arafu. Heb aros i synnu, symudodd Elai i un ochr, a gwyliodd y bicell yn trywanu'r awyr ble safasai chwarter eiliad ynghynt. Yn araf deg, lledodd syndod ar draws wyneb hyll y creadur ac agorodd ei lygaid gwyn yn lletach. Dechreuodd symud ei bicell tuag at Elai . . .

Yn rhy hwyr. Cyflymodd pethau yn sydyn a thorrodd cleddyf Elai y bicell yn ddwy. Hedfanai sglodion pren i bobman a thrywanodd yr ergyd y creadur yn gadarn yn ei frest. Drwy'r llafn teimlodd Elai'r asgwrn yn torri a chwympodd y creadur yn ôl yn ddiffwdan, yn farw yr eiliad y glaniodd yr ergyd. Sychodd Elai waed y truan o'i wyneb â'i law rydd a throi at y creadur nesaf, ond yn ddirybudd anelodd y creadur hwnnw ergyd pastwn at law Elai a bwrw'i gleddyf yn glir o'i law.

Safodd Elai'n stond, yn wynebu ei elyn a sŵn aflafar y sgarmes yn llenwi'i glustiau. Symudodd dau arall i ymuno a'u cymrawd.

Llifai gwaed o'r clwyf yn ysgwydd Elai. Nesaodd y tri ato'n araf.

Doedd dim amdani ond gobeithio y deuai ei alluoedd i'w helpu ar frys. Os na wnaen nhw . . .

Gyda gwaedd danllyd, neidiodd Elai at yr agosaf ohonyn nhw.

Eisteddai Elai ar y llawr; atseiniai ei glustiau yn y

tawelwch sydyn a sgrechiai'r boen yn ei ysgwydd. Clywai'r tri anturiaethwr arall yn ymladd i gael eu hanadl a chri ambell un o'r creaduriaid yn marw. Y tu ôl i'r synau hynny clywai guriad cyflym ei galon ei hun, yn arafu'n raddol; roedd y sŵn yn gysur mawr iddo.

Aeth cryndod drwyddo wrth iddo edrych ar y tri chorff gwelw, llonydd wrth ei draed. Ar yr ennyd olaf, roedd y niwl cochlyd, cyfarwydd wedi disgyn dros olwg Elai ac wedi iddo glirio, roedd y tri chreadur olaf yn farw, a'i ddwylo yntau'n slic â'u gwaed cynnes. Ceisiodd osgoi meddwl am y ffordd y bu'r tri farw.

Yng ngolau'r tair neu bedair ffagl oedd yn dal ynghyn, gallai weld gweddill y gyflafan erchyll o'i amgylch. Mae'n rhaid fod yna dri dwsin o'r creaduriaid yn gorwedd yn gelain o'u hamgylch, wedi eu pentyrru'n aflêr un ar ben y llall.

'Gwell i ti gael peth o hwn.'

Safai Rahel yn ei ymyl, yn estyn potelaid iddo – y botel o hylif iachusol a welsai yn y Mochyn Glas.

'Be wneith e?'

'Cyflymu'r gwella.' Cyrcydodd Rahel ac astudio'i ysgwydd. Estynnodd am botel arall a gwingodd Elai wrth iddi arllwys ychydig o ddŵr dros y clwyf a'i rwymo'n gelfydd gyda chadach.

'Ti 'di gwneud hyn o'r blaen?' Gwenodd Rahel yn wannaidd cyn eistedd yn swrth wrth ei ochr.

'Naddo. Dwi'n dyfalu. Yfed lwnc neu ddau o'r stwff 'na.'

Roedd yr hylif yn chwerw ond wrth iddo roi'r corcyn yn ôl yn y botel teimlai Elai wres yn llenwi ei gorff a'r cynhesrwydd wedi ei ganoli ar ei ysgwydd.

Ochneidiodd mewn rhyddhad. 'Wyt ti'n iawn?' gofynnodd.

Cododd Rahel ei hysgwyddau. 'Ydw, mwy neu lai.' Dangosodd ei braich dde iddo, yn rhwydwaith o gytiau a chrafiadau. 'Jest y stwff arferol. Mae Cain yn waeth.' Edrychodd Elai draw ato; roedd yn rhwymo'i goes gyda rhwymyn glân. Cododd ei ben a gweld Elai.

'Paid â phoeni, Elai,' gwaeddodd. 'Fe ddylet ti weld y boi arall!' Griddfanodd Elai a Rahel yn uchel gan groesawu unrhyw hiwmor wedi'r sgarmes galed. A gwaed wedi ceulo ar glwyf lled ddwfn ar draws pont ei drwyn a'i fochau, daeth Alarnel draw atyn nhw gan sychu llafn ei gleddyf gyda darn o ddefnydd.

'Reit, gwell i ni symud ymlaen,' meddai'n swta cyn troi a mynd i gyrchu'r ffaglau.

'Beth oedd o'i le arno fe?' gofynnodd Elai.

'Mae pob un yn ymateb i sgarmes yn wahanol,' meddai Rahel. 'Gad iddo fe, mae'n siŵr y bydd e'n iawn.'

Herciodd Cain draw atyn nhw, gan gynnau llusern olew. Edrychodd dros ei ysgwydd ar Alarnel cyn troi'n ôl at Rahel ac Elai.

'Ie, dewch mlaen, blantos,' meddai'n ysgafn. 'Dim amser i orffwys. Gydag ychydig o lwc bydd mwy o'r diawled hyn yn aros amdanon ni i lawr y ffordd.'

Daeth Elai o fewn trwch blewyn i gicio coes glwyfedig Cain.

Pennod 17

Gyda llusern Cain wedi ei chynnau daeth mwy o Amasteri i'r golwg: adeiladau gwag yn dawnsio yn y cysgodion; canopi pwdr o flaen siop, yn wyrthiol, heb bydru'n llwyr; trol yn gorwedd ar ei hochr; haenen o dywod ar fyrddau a meinciau o flaen tafarn.

Prin y sylwai'r pedwar ar y manylion hyn wrth wylio'n ofalus am unrhyw beth byw yn cuddio y tu ôl iddyn nhw. Doedd run gair wedi'i ddweud ers i'r pedwar adael maes y sgarmes a'u nerfau'n dynn a'r adrenalin yn tynhau'r cyhyrau wrth iddyn nhw symud yn ddyfnach i'r ddinas.

Synnai Elai cymaint roedd ei ysgwydd wedi gwella; roedd y fraich yn symud yn rhwyddach o lawer erbyn hyn a'r boen wedi tawelu'n wŷn tawedog yn y cefndir. Effeithiau hylif hud Rahel, mae'n siŵr. Ac er fod blinder yn dechrau treiddio trwy'i gorff yn awr a'r diwrnodau o deithio yn gwneud yr ymladd yn galetach, synnai fel roedd wedi cryfhau er pan adawodd y pentref. Bu'n llanc cryf erioed, ond roedd maes y gad wedi magu haearn yn ei gyhyrau, rhyw wytnwch oedd yn ei gario fymryn yn rhwyddach drwy bob sgarmes.

Ond cryfach neu beidio, yn ddiau roedd angen gwell amddiffyniad arno. Syllodd ar y darian ar gefn Alarnel o'i flaen; byddai tarian debyg i honno'n

ormod o lond llaw mewn brwydr. Doedd dim am-
dani – a chymryd y gadawai Amasteri'n fyw – ond
cael gafael ar got o gylchoedd metel bychain, fel y
gwisgai'r gwarchodlu yng Ngharon. Neu ddysgu
ymladd yn well, fel Rahel a Cain.

'Dyma ni,' meddai Alarnel yn ddirybudd. 'Y prif
sgwâr.'

I bob ochr, diflannai'r rhesi o adeiladau ac yn awr
ymestynnai tywyllwch dudew, di-nodwedd i bob
cyfeiriad o'u blaenau.

'Ble nawr?' gofynnodd Cain. 'Yn syth ar draws
fan'na?'

'Ie. Fe ddylai'r deml fod ryw ddau gan llath o'n
blaenau ni.'

Ysgydwodd Cain ei ben. 'Cwestiwn twp.'

Symudodd Rahel ei chleddyf i'w llaw chwith a
cheisio llacio ei braich dde. 'Mewn lle agored fe
glywn ni nhw gynta, gobeithio,' meddai.

'Wrth gwrs,' chwarddodd Cain, heb fawr o ar-
gyhoeddiad. 'Jest fel y tro diwetha.'

Trodd Alarnel atyn nhw a'i wyneb yn welw yng
ngolau'r fflamau; synnai Elai ei weld mor nerfus yr
olwg – on'd oedd e run mor brofiadol â Rahel a
Cain? Efallai nad nerfau ond effeithiau'r sgarmes
ddiwetha oedd ar fai.

'Barod?' gofynnodd Alarnel. Amneidiodd y tri
arall a chychwyn ar draws y sgwâr.

Yn y tywyllwch, symudodd rhywbeth yn ofalus
dros gyrff y creaduriaid gwelw. Oedodd am eiliad
cyn symud ymlaen.

Chlywodd Rahel mo'r anghenfil yn dod.

Roedd y pedwar yn cerdded yn bwyllog ar draws y sgwâr tywyll, a'u traed yn atseinio yn y gwagle am y tro cyntaf, pan hedfanodd rhywbeth o'r tywyllwch a bwrw Rahel ar wastad ei chefn a diflannu i'r düwch unwaith eto.

Rhedodd Elai a Cain i'r tywyllwch ar ei ôl, ond diflannodd yr anghenfil a churiad ei adenydd mawrion yn tawelu yn y pellter.

Cerddodd Elai a Cain yn ôl at Rahel a oedd yn codi ar ei heistedd gyda chymorth Alarnel.

'Be gythrel oedd hwnna?' gofynnodd Elai.

'Dwi ddim yn siŵr,' ebe Cain. 'Rhywbeth yn trio'i lwc siŵr o fod. Griffin, falle.'

'Griffin?'

'Paid â gofyn.'

Penliniodd Elai yn ymyl Rahel.

'Unrhyw niwed?'

'Dwi ddim yn credu. 'Y mwrw i'n unig 'naeth e, dim mwy, dwi ddim yn credu.' Gyda chymorth Elai, cododd ar ei thraed yn ofalus, a theimlodd Elai wlybaniaeth ar ei law. Mewn braw edrychodd ar ei chefn; roedd ei siercyn wedi ei rwygo ar agor a chlwyf dwfn wedi'i dorri ar draws ei chefn. Y funud honno, dechreuodd y boen dreiddio drwodd i Rahel.

Astudiodd Alarnel y clwyf. 'Ôl crafanc, dwi'n credu. Dyw e ddim yn rhy ddrwg.'

Dechreuodd Elai brotestio ond ysgydwodd Cain ei ben yn gyflym a'i dawelu. 'Gad i fi roi rhywbeth arno fe,' meddai, gan wthio heibio i Alarnel. Rhoddodd ei lusern ar y llawr a thurio i'w sach ledr. 'Elai, Alarnel, cadwch eich llyged ar agor amdano fe, rhag ofn y deith e nôl.'

Edrychodd Alarnel yn ddig ar Cain am ennyd, cyn symud ychydig lathenni i ffwrdd a sefyll â'i gefn at y tri arall. Edrychodd Cain ac Elai'n syn ar ei gilydd am eiliad, cyn i Cain godi ei ysgwyddau a bwrw ati i drin clwyf Rahel.

'Reit, na welliant,' meddai Cain mewn munud.

Cerddodd Elai at Rahel. Roedd Cain wedi iro'r clwyf â rhyw fath o saim ac roedd y gwaed wedi ceulo a'r clwyf yn edrych yn ddigon glân.

'Iawn?' gofynnodd yn dawel. Edrychodd Rahel i fyw ei lygaid cyn amneidio'n gyflym a dilyn Alarnel a oedd wedi dechrau cerdded unwaith eto.

Gafaelodd Elai'n sicrach yn ei ffagl a'i gleddyf a'i dilyn, er gwaetha'r ansicrwydd oedd yn prysur godi ynddo. Nawr fod y deml yn agos roedd Alarnel a Rahel yn dechrau dangos y tyndra ond roedd Cain yn ymlacio fwyfwy.

'Dere mlaen, Elai, paid â llusgo dy draed,' meddai Cain o'r tu ôl iddo. 'Neu fe fydd y peth 'na yn dy gael di nesa.'

Brysiodd Elai yn ei flaen ar unwaith a'i feddwl yn corddi.

Llai na phymtheg troedfedd uwch eu pennau, dif-lannai drysau'r deml i'r tywyllwch. Yn reddfol, gwyddai'r pedwar fod y deml yn ymestyn yn uwch o lawer na hynny.

Ar y drysau, roedd cerflunydd gwallgof wedi bod yn cerfio; doedd 'na'r un ffordd arall o esbonio'r creaduriaid a chythreuliaid erchyll ac abnormal oedd yn addurno'r pren, wedi eu hamgylchynu â rhwydwaith cnotiog o linellau a changhennau. Ar y waliau o amgylch y drws roedd llinellau o sgript estron, iaith nad oedd y byd wedi ei chlywed ers canrifoedd.

"Sen i ddim yn hoffi gwybod sut fath o dduwiau gafodd eu haddoli fan hyn,' meddai Rahel yn dawel gan ddirwyn ei bys ar hyd un o'r llinellau cerfiedig. 'Mae'r sgrifen yn edrych fymryn yn ddiweddarach na gweddill y deml, hefyd.'

'Dyw hynny ddim o ddiddordeb i ni,' meddai Alarnel yn gwta. 'Mae gynnon ni dasg i'w chyflawni.' Roedd tyndra'n gryg yn ei lais.

'Be sy'n bod?' gofynnodd Cain yn chwareus. 'Ofni'r cerfluniau cas?'

Trodd Alarnel i syllu'n oeraidd ar Cain. 'Mae gynnon ni rywbeth i'w wneud,' meddai'n syml. 'Dewch.' Trodd a gwthio un o'r drysau mawr ar agor.

Wrth i'r drws wichian ar agor yn llafurus, daeth chwys oer dros Elai. Gafaelodd yn reddfol yng ngharn ei gleddyf yn y wain. Na, nid ei gleddyf ef, ond cleddyf Samhain. Ai dyma lle y cafodd y marchog du afael arno? A fu raid iddo wynebu haid o'r cythreuliaid gwelw hynny ei hun? Ar ei waetha, teimlodd Elai wreichionyn o edmygedd yn dechrau llosgi ynddo, ond ar unwaith teimlodd ofn yn gyfochrog â'r edmygedd hwnnw. Pe bai Samhain wedi bod yma . . . buasai'n elyn grymus, yn anodd i'w orchfygu . . . Ceisiodd glirio'i feddwl a dilynodd y tri arall yn wyliadwrus i mewn i'r deml.

Synnodd o'i gweld mor olau y tu mewn; roedd Cain a Rahel wedi ceisio cynnau rhai o'r hen ffaglau ar y waliau ac roedd nifer wedi poeri'n fyw ac roedd y pren sych a'r tar hynafol yn llosgi'n dda gan daflu golau melynaidd, sigledig drwy'r deml.

Ym mhen arall y neuadd wag blaen, bron ar der-fyn y golau, safai'r allor.

Trodd y tri arall i edrych ar Elai. Cymerodd Elai anadl ddofn a dadweiniodd y cleddyf a cherdded yn bwyllog tuag at yr allor. Clywodd sŵn traed y lleill yn ei ddilyn yn betrus. Allwedd i fydoedd eraill . . . llengoedd o gythreuliaid . . . rhaid ei ddychwelyd . . . llifai geiriau Thoth-Anaos trwy feddwl Elai wrth iddo nesu at yr allor.

Safodd yn fud o flaen yr allor, darn cyfan ac en-fawr o garreg dywyll, lathenni o hyd ac o led. O bant bach ar ganol yr allor, rhedai pedair rhigol i'r corneli ac wrth droed yr allor, roedd ffos yn rhedeg o'i hamgylch, yn rhedeg yn ei thro i dwll yn y llawr. Duw dig oedd yn trigo yn y deml hon erbyn hyn.

Cerddodd Elai yn bwyllog unwaith o amgylch y maen tywyll a stopio unwaith eto o'i flaen, mewn tipyn o benbleth. Ble i roi'r cleddyf? Unwaith eto, cerddodd yn araf o amgylch yr allor tra disgwyliai'r tri arall yn dawel ac amyneddgar.

Yn sydyn, sylweddolodd.

'Does gan y cleddyf ddim byd i'w wneud â'r allor.'

Atseiniodd ei eiriau drwy'r tawelwch. Ni symud-odd neb am funud; gwrandawent ar lais Elai'n dif-lannu i entrychion y deml.

Digwyddodd popeth ar unwaith.

'Wyt ti'n siŵr?' gofynnodd Rahel.

'Ro'wn i'n gwybod fod hwn yn ein harwain ni ar gyfeiliorn!' meddai Cain yn ddig, gan droi at Alarnel.

'Nawr aros funud . . .' gwaeddodd Alarnel.

'Ie, arhoswch . . .' dechreuodd Elai.

Rhy hwyr. Lleda Alarnel ei ddwylo. Pwyntia Cain

ato. Try Rahel oddi wrth Elai at y ddau arall. Disgyn un o ddwylo Alarnel ar ysgwydd Cain, a fflachia'r llall yn y golau.

Dagr.

Mewn un symudiad esmwyth tynnodd Alarnel Cain ato a'i drywanu yn ei stumog. Trodd y llafn yn giaidd unwaith, ei dynnu allan a gollwng Cain. Simsanodd hwnnw am eiliad dragwyddol cyn cwympo'n llipa i'r llawr. Tasgodd diferyn o waed o gyllell Alarnel ar ei wyneb.

'Pam?' Roedd llais Rahel yn grynedig.

'Ro'dd e'n iawn,' atebodd Alarnel yn oeraidd. 'Tric oedd eich arwain chi 'ma. Do's gan y cleddyf 'na ddim i'w wneud â'r allor. Y cyfan dwi'n ei wybod yw bod Thoth-Anaos eisie cael dy wared di, Elai, am ryw reswm. Fawr o ots gen i.'

'Gwas bach ffyddlon yn gwneud ei waith, iefe?' poerodd Elai. 'Ddim yn gofyn cwestiynau, jest yn gwneud. Ci bach Thoth-Anaos.'

Tynnodd Alarnel ei gleddyf o'i wain a gweinio'i ddagr. Cododd ei ysgwyddau'n ddi-hid.

'Be bynnag wyt ti am fy ngalw i, gwna'r gorau o dy anadl ola . . .'

Stopiodd Alarnel ar hanner ei frawddeg a syllu'n syn ar lafn cleddyf Rahel wedi'i blannu yn ei frest. A'i anadl yn byrlymu'n wlyb yn ei wddf, ymbalfalodd am y llafn. Tagodd, a chwympodd yn ôl oddi ar y llafn. Cwympodd ei gleddyf yn swnllyd o'i law.

'Ddyle fe ddim fod wedi tynnu'i lygaid oddi arna i,' meddai Rahel yn bwyllog a chamu tuag at gorff Cain. 'Rhy dwp o lawer. Gobeithio y pydrith e yn uffern duwiau'r lle 'ma.'

'Ble y byddwch chi hefyd yn fuan iawn.'

Roedd y llais yn gyfarwydd. Trodd Elai a Rahel yn gyflym i'w gyfeiriad.

O'r tywyllwch yn nrws y deml, ymddatododd düwch arall a chlywsant sŵn traed yn atseinio'n sinistr yn neuadd y deml. Teimlodd Elai gryndod yng ngharn ei gleddyf a llais y llafn yn llenwi'i ben gyda'r un gair, drosodd a throsodd.

Samhain.

Pennod 18

Cerddodd Samhain yn araf tuag at yr allor gan oedi ychydig lathenni i ffwrdd. Trodd yr helmed yn frysiog i gyfeiriad cyrff Cain ac Alarnel cyn troi'n ôl at Elai a Rahel.

'Wedi arbed tipyn o drafferth i fi, dwi'n gweld,' meddai Samhain. Adlewyrchai'r ffaglau oddi ar fetel du ei arfwisg: y llurig dur solet, creithiog, y llewysau o blatiau dur bychain a'r sgert o gylchoedd metel bychain yn gorchuddio'i goesau, y menig a'r botasau o ledr trwchus. A'r helmed – yn ddidrugaredd o blaen, yn ddüwch yn unig y tu ôl i holltau'r llygaid.

Symudodd Rahel ac Elai yn araf i osgo ymladd, ond arhosodd Samhain fel yr oedd a'i gleddyf yn hongian yn llipa yn ei law.

'Efallai y byddai'n well i ti roi 'nghleddyf 'nôl i fi Elai,' meddai Samhain mewn llais gwastad a diemosiwn.

'Fe fyddi di'n trio'n lladd ni be bynnag a wna i,' atebodd Elai gan ymladd am y geiriau, wrth i'r olygfa o'i flaen ddechrau cochi. Rhoddodd Samhain chwerthiniad byr.

'Digon gwir, ond fe elli di wneud pethau'n haws.'

'Efallai y gallwn ni ddod i ryw fath o gytundeb,' meddai Elai, er mwyn dweud unrhyw beth wrth weld Rahel, drwy gornel ei lygad, yn symud yn agosach at Samhain.

'Cytundeb? Na, dwi ddim yn credu.'

Gyda hynny, ymosododd Rahel. Fflachiodd ei chleddyf mewn arc am ysgwydd Samhain cyn tynnu'n ôl a mynd yn syth am y man lle ymunai'r llurig â'r sgert fetel. Bron yn hamddenol cododd Samhain ei gleddyf gan anwybyddu'r ergyd i'w ysgwyddau ac amddiffyn yn erbyn yr ergyd go iawn. Mewn un symudiad trawodd gleddyf Rahel i un ochr cyn dychwelyd ergyd ar draws ei chorff gan dorri drwy ei siercyn, er i Rahel dynnu ei chorff yn ôl ar yr eiliad olaf.

Safodd y ddau'n llonydd a'u cleddyfau bron yn cyffwrdd. Syllai Elai'n hurt arnyn nhw, gan fethu symud.

'Arai,' hisianodd Samhain.

Amneidiodd Rahel yn araf. Lledai staen tywyll yn gyflym iawn ar draws siercyn Rahel wrth i'r gwaed ymddangos trwy'r rhwyg. Ymosododd Samhain, gan esgus trywanu am y gwddf cyn anelu am ei stumog unwaith eto. Ochrgamodd Rahel a tharo Samhain yn sgwâr ar ei ysgwydd chwith. Bownsiodd y cleddyf yn wyllt oddi ar y metel a chyn iddi gael cyfle i'w reoli trywanodd cleddyf Samhain ei morddwyd dde yn galed. Plygodd ei choes ar unwaith wrth i'r gwaed lifo o'r archoll.

Wrth weld Samhain yn tynnu ei gleddyf yn ôl am yr ergyd olaf deffrôdd Elai mewn arswyd o'i syllu.

Yn rhy hwyr. Gwyliodd Elai'n ddiymadferth drwy'r cochni.

Plymiodd y llafn i mewn ac allan o'r siercyn gwlyb unwaith eto a chwympodd Rahel ar ei hwyneb o flaen y marchog du.

Gyda sgrech anelodd Elai ei gleddyf am yr helmed ddu.

Trodd Samhain yn chwim ar ei sawdl a gostwng ei ben fymryn. Chwibanodd cleddyf Elai drwy'r awyr wag. Sythodd Samhain, a'i ergyd yn saethu mewn hanner cylch am frest Elai gan rwygo trwy'r lledr trwchus. Gan ddefnyddio ynni'r ddyrnod, daliodd Elai law Samhain a'i gwthio ymhellach i ffwrdd gyda'i law rydd ei hun ac ymosododd yn ffyrnig ar fraich chwith Samhain, a'i daro dro ar ôl tro. Teimlodd y metel yn rhoi dan y dyrnodau cyn i Samhain dynnu ei law yn rhydd a tharo Elai ar ei arlais gyda charn ei gleddyf.

Baglodd Elai'n ôl a'i ben yn udo mewn poen, a cheisiodd sadio'i hun cyn i Samhain ymosod eto. Oedodd hwnnw am eiliad: roedd gwlybaniaeth yn sgleinio ar ei fraich chwith. A hyder newydd yn ffrydio drwyddo, neidiodd Elai ymlaen.

Cododd Samhain ei law'n sydyn a sythu ei fysedd.

Llenwyd llygaid Elai â fflach danbaid. Diflannodd y cochni yn ddisymwth a stopiodd Elai yn ei unfan a sêr yn dawnsio o flaen ei lygaid. Dywedodd Samhain yn gyflym air neu ddau mewn iaith gyfrin ac ar unwaith neidiodd y cleddyf o law Elai i law rydd Samhain. Taflodd ei hen gleddyf i un ochr; yna trodd yr helmed tuag at Elai.

Syllodd y ddau ar ei gilydd am funud. Teimlai Elai yn flinedig iawn; roedd yn ymladd am ei anadl ac roedd ei gyhyrau'n teimlo'n drwm a lluddedig.

'Y cleddyf,' meddai Samhain yn fuddugoliaethus. Roedd rhywbeth yn symud y tu ôl i Samhain. 'Rwyt ti wedi gwella ers y prynhawn hwnnw, Elai.' Alarnel, yn fyw o hyd, ac wrth yr allor. A rhywbeth arall. 'Ac yn un o farchogion Arai. Rhyfeddol.' Ystwyriodd Rahel fymryn bach. 'Ond ddim yn ddigon da.' Cymerodd gam tuag at Elai. 'Yn arbennig yn erbyn Marchog Arai mwy profiadol.'

Roedd pen Elai'n troi erbyn hyn; chwys yn rhedeg i'w lygaid ond roedd ei geg yn sych a'r blinder yn ei gyhyrau yn troi'n wendid. Samhain yn un o Farchogion Arai? Doedd hynny ddim yn bosib. Oedodd Samhain a'i gleddyf yn barod i daro'r ergyd olaf. Roedd rhywbeth o'i le – pam na ddeuai'r ergyd?

Chafodd Elai byth wybod. Atseiniodd sgrech annaearol drwy'r deml. Trodd Elai a Samhain i gyfeiriad yr allor a'r sŵn.

Hongiai Alarnel yn llipa wyth troedfedd uwchben y llawr yng ngafael y cythraul erchyll a oedd yn sefyll ar yr allor; roedd y creadur dros dair llathen o uchder a chanddo ddwy adain enfawr ar agor y tu ôl iddo a chynffon ddanheddog yn chwipio'n ôl a mlaen yn ddiamynedd. Edrychai'n chwilfrydig ar Alarnel trwy lygaid du ac yn ei geg agored gwelid tafod fain yn gwibio dros ddannedd miniog cyn ddued â'i lygaid.

Gyda rhu taflodd Alarnel i un ochr nes i gorff hwnnw hyrddio i mewn i wal y deml dros ddecllath i ffwrdd; yna trodd y llygaid du'n fygythiol tuag at Samhain ac Elai. Cododd Samhain ei gleddyf gan yngan geiriau cyfrin unwaith eto. Saethodd bollt las-wyn o'r llafn tuag at y cythraul a llenwyd yr awyr ag arogl chwerw'r hud. Bwriwyd y cythraul oddi ar yr allor, wrth i un arall ddechrau ymddangos allan o'r maen.

Symudodd Elai yn ôl o'r ffordd. Beth oedd Alarnel wedi ei wneud yn ystod ei funudau olaf?

Oedd porth i fyd arall wedi agor yn yr allor wedi'r cyfan?

Llamodd Samhain at yr allor. Llwyddodd yr ail gythraul i'w ryddhau ei hun a gwthio'n rhydd o'r garreg cyn i Samhain dorri ei ben oddi ar ei ysgwyddau gydag un ergyd gyflym o'i gleddyf. Gyda rhu, ailymddangosodd y cythraul cyntaf o'r tu cefn i'r allor, estyn trosti, gafael ym mraich Samhain a'i godi oddi ar ei draed. Ymladdodd Samhain yn wyllt yn ei erbyn wrth i greadur arall ddechrau dod trwy faen yr allor.

Penderfynodd Elai y byddai hi'n ddoeth iddo adael ar frys. Gyda rhuo'r ymladd yn atseinio o'i amgylch, rhedodd draw at Rahel a chodi ei phen oddi ar y llawr yn ofalus. Roedd hi'n fyw.

'Dere, Rahel, ryn ni'n gadael,' meddai gan ddechrau ei chodi ar ei thraed. Ystwyriodd amrannau Rahel ac agorodd ei llygaid yn araf.

'Be . . . ?'

Ysgydwodd Elai ei ben. 'Paid â dweud dim. Elli di gerdded?' Amneidiodd Rahel. Dechreuodd Elai ei harwain tuag at ddrysau'r deml gan ddiolch ei bod yn ymladdreg mor gref.

Yn sydyn, clywodd ergyd yn atsain yn fetalaidd y tu ôl iddo. Trodd i weld cleddyf Samhain yn gorwedd wrth ei draed. Ar yr allor, roedd Samhain yn ymladd yn ffyrnig yng nghanol hanner dwsin o gythreuliaid a chreaduriaid mwy dieflig fyth: casgliad gwallgof o ddannedd a chrafangau, crwyn fel lledr, cynffonnau danheddog, i gyd yn chwyrlïo yn ferw gwyllt o amgylch y marchog du.

Er gwaetha'r niwed aruthrol roedd yn llwyddo i'w wneud â'i ddwylo'n unig – torri esgyrn a malu dannedd – roedd Samhain o dipyn i beth yn suddo dan bwysau'r ymosodiadau. Oedodd Elai a chododd gleddyf Samhain o'r llawr. Cafodd syniad gorffwyll yn sydyn y dylai helpu Samhain, ond cyn iddo feddwl ymhellach torrodd un o'r cythreuliaid yn rhydd a dechrau symud oddi wrth yr allor tuag at Elai.

Trodd Elai am ddrws y deml, gan hanner llusgo a hanner cario Rahel mor gyflym ag y gallai. Gallai glywed crafangau traed y creadur yn llusgo ar y llawr y tu ôl iddo a'i arogl ffiaidd yn llosgi yn ei ffroenau. Yn reddfol, gwthiodd Rahel i un ochr a throi yn ei gwrcwd wrth i grafanc wibio fodfedd uwch ei ben. Sythodd Elai ac edrych i fyw llygaid y cythraul am eiliad cyn anelu ergyd galed am ei wddf cydnerth.

Gwegiodd y cythraul dan nerth annisgwyl yr ergyd ac heb oedi estynnodd Elai am un o'r ffaglau wrth y drws cyn gwthio Rahel allan. Gan wneud yn siŵr nad oedd y cythraul yn ei ddilyn – dim problem, roedd hwnnw ar ei liniau a gwaed du, tew'n ffrydio o'i glwyf – dilynodd Elai Rahel i'r tywyllwch.

Roedd effeithiau'r awr ddiwethaf yn bygwth gwanhau coesau Elai fel na fydden nhw'n gweithio mwyach ac roedd yn rhaid iddo'i orfodi'i hun i fynd yn ei flaen. Roedd Rahel wedi dod at ei hun ddigon i hercian cerdded, ond ofnai Elai ei bod wedi colli llawer gormod o waed.

Ar ôl croesi'r sgwâr o flaen y deml a gwneud yn siŵr nad oedd neb wedi eu dilyn o'r deml, stopiodd Elai wrth wal un o'r tafarnau hynafol er mwyn glanhau a rhwymo clwyfau Rahel. Tynnodd y sach ledr oddi ar ei chefn a thurio ynddi am rwymau a'r botel o hylif iachusol. Doedd ond llymaid neu ddau ohono ar ôl, ond gofalodd ei bod yn yfed pob diferyn gwerthfawr. Doedd gan Rahel mo'r nerth i siarad erbyn hyn; o leia roedd ei chlwyfau yn eitha glân a'r gwaedu wedi peidio.

Wedi trin Rahel, eisteddodd Elai'n ôl yn erbyn wal oer y dafarn a chymryd llymaid o ddŵr. Doedd dim llawer ohono ar ôl, ond o leia roedd gwerddon y tu allan i gatiau'r ddinas.

Gwerddon. Ffwlbri Cain. Llifodd tristwch yn donnau dros Elai wrth iddo sylweddoli'n iawn fod Cain yn farw ac yn farw tros ddim ond syniadau penwan Thoth-Anaos, beth bynnag oedd y rheiny.

Cododd ar ei draed yn sydyn, gan geisio rheoli'r cryndod yn ei gorff. Wiw iddo bendroni nawr; rhaid iddo wneud yn siŵr fod Rahel yn cyrraedd y tu allan yn fyw a diogel. Pe bai'n ei cholli hi . . . Ymysgydwodd a'i chodi ar ei thraed. Roedd ei phen yn hongian yn llac wrth iddi hofran rhwng cwsg ac effro, a rhoddodd ei fraich o'i hamgylch i'w helpu i gerdded.

Yng ngolau gwan y ffagl roedd yn dda ganddo weld cyrff y creaduriaid gwelw wrth ei draed; teimlai fel pe bai'r ymladdfa honno wedi digwydd ddyddiau yn ôl, yn hytrach nag oriau prin. Edrychodd o'i amgylch a dod o hyd i un o'r ffaglau roedden nhw wedi eu taflu i lawr yn ystod y sgarmes a'i chynnau o'i ffagl yntau.

Taniodd y ffagl yn rhwydd gan daflu golau ar wyneb y dieithryn oedd yn sefyll yn dawel a llonydd yn y cysgodion. Syllodd Elai arno'n ddwl am funud tra ceisiai'i gof ei atgoffa o rywbeth.

Am eiliad enbyd, rhewodd ei galon wrth iddo adnabod y dieithryn.

Teimlai Elai'n hen a blinedig.

Y necromanser.

Pennod 19

Ni symudodd Elai na'r necromanser am funud dragwyddol.

Disgynnodd y ffagl o law Elai. Syllodd i fyw llygaid y llall; llygaid tywyll, caled a syllai'n ôl yn oeraidd arno. Yn raddol, teimlai Elai rywbeth yn ymgripio dros ei gorun, rhyw rym anweledig yn gafael yn ei ben yn arbrofol. Y necromanser?

Ceisiodd Elai estyn gyda'i law rydd am ei gleddyf ond ni fedrai symud ei fraich o gwbl: roedd e wedi ei barlysu'n llwyr gan syllu'r necromanser. Teimlai'n hanner ymwybodol o Rahel yn pwyso'n drwm ar ei fraich arall ac o'r ffagl yn llosgi ar y llawr.

Heb fedru gwneud dim arall, astudiodd Elai'r necromanser: roedd yr wyneb gwelw'n frith o linellau a hynny o'i wisg nad oedd wedi ei guddio gan ei glogyn llwyd, enfawr yn ddigon syml, ac eithrio'r gyllell hir oedd yn hongian o'i wregys mewn gwain wedi ei gwneud o asgwrn, a diafoliaid a chythreuliaid wedi eu cerfio'n gain arni.

Diflannodd yr afael oeraidd o ben Elai'n ddirybudd a gwegiodd yn ôl mewn syndod. Estynnodd yn reddfol am garn ei gleddyf.

'Beth fyddai'r pwynt, Elai? Fe laddwn i ti cyn i'r llafn adael y wain.'

Fferrodd gwaed Elai yn ei wythiennau. Roedd yn gwybod ei enw! A llais y necromanser – llais dyn ifanc! A'r tu ôl iddo roedd nerth enbyd a chyfrin yn byrlymu.

'Fe fedra i greu chwaneg o'r pethau hynny yn y deml. Wyt ti'n ffansïo ymladd mwy ohonyn nhw?'

Y necromanser greodd y cythreuliaid! Ond pam? Ystwyriodd Rahel wrth ochr Elai a theimlodd ei phwysau'n ysgafnhau rywfaint wrth iddi sefyll ar ei thraed ei hun.

'Pwy . . . ?' gofynnodd Rahel yn floesg. Rhoddodd Elai ei law ar ei braich i'w thawelu. Teimlai'r ansicrwydd yn gafael yn filain yn ei stumog a dafnau o chwys yn gwlychu ei dalcen ac yn rhedeg yn oer i lawr ei gefn.

Camodd y necromanser ato'n bwyllog a'i fotasau caled yn atseinio yn y tawelwch. Stopiodd hyd braich i ffwrdd a chulhaodd ei lygaid wrth iddo astudio Elai a Rahel yn ofalus. Ysgydwodd ei ben fymryn cyn troi ar ei sawdl a dechrau cerdded i ffwrdd.

'Hei – be . . . ?' gwaeddodd Elai'n hurt ar ei ôl. Stopiodd y necromanser yn ei unfan a throi'n ôl ato. Dyfarodd Elai ar unwaith.

'Pam byddwn i am dy ladd *di*, Elai,' meddai'n dawel. 'O ba fudd byddai hynny i fi?' Chwarddodd yn oeraidd.

'Mae marc marwolaeth arnat ti eisoes. Mae dy enaid yn marw.'

Gwyliodd Elai'n fud wrth i'r necromanser ddiflannu i'r tywyllwch.

Prin y sylwodd Elai ar unrhyw beth o'i amgylch wrth deithio'n ôl ar draws yr anialwch i gyfeiriad y mynyddoedd. Cerddasai allan o Amasteri gyda

Rahel, yn fecanyddol a heb ddweud gair arall wedi i'r necromanser ddiflannu. Ar ôl casglu'r ceffylau a llenwi'r poteli dŵr o'r werddon, sicrhaodd fod Rahel yn gyfforddus cyn cychwyn ar draws y diff-eithwch o'u blaenau.

Tridiau o'r siwrnai wedi mynd. Tridiau o haul di-drugaredd yn llosgi'i war ac yn sychu'i geg. Tridiau o ddim ond tywod a sychder undonog. Roedd y diwrnodau'n pasio fel breuddwyd, yn un cymysg-edd o farchogaeth, bwyta, yfed a chadw golwg agos ar Rahel. Yn wyrthiol, roedd hi'n llwyddo i aros ar ei cheffyl er gwaetha'r ffaith ei bod mewn hanner llewyg drwy gydol y siwrnai.

Synnai Elai, mewn cilfach oer, wrthrychol o'i feddwl, ei bod yn fyw o hyd. Roedd hi wedi colli cymaint o waed – roedd e'n ei gorfodi hi i yfed yn aml – fel ei bod hi'n rhyfeddod na fuodd hi farw cyn gadael y ddinas. Ei chadw'n fyw oedd yn ei symbylu i fwrw mlaen ar draws yr anialwch.

Geiriau'r necromanser oedd yn troi'r daith yn freuddwyd.

Roedd ei ben yn troi o hyd wrth feddwl amdanyn nhw. Beth oedd e wedi'i feddwl – marc marwolaeth, ei enaid yn marw? Meddyliodd am y cleddyf wrth ei ochr; oedd Samhain wedi taflu rhyw ledrith arno drwy'r cleddyf? Roedd e wedi dangos fod ganddo ryw fath o bwerau cyfrin yn y deml. Oedden nhw'n estyn i bethau llawer mwy milain ac anfad?

Efallai fod ystyr y geiriau'n llawer symlach. Efallai mai'r hyn oedd yn ei wynebu oedd marwol-aeth sicr – ond trwy law Samhain neu rywun neu rywbeth arall? Os felly, roedd ganddo ddewis. Ildio'n llwyr i ffawd ac aros am y gwaethaf, neu

newid ei ffawd. Doedd dim byd wedi ei bender-
fynu'n bendant hyd iddo ddigwydd; wedi'r cyfan,
rai wythnosau'n ôl gweithiwr tir oedd e mewn cil-
fach ddiarffordd o Hyrcania ac yn awr . . . Yn awr?

Rhoddodd y cwestiwn o'r neilltu yn ei feddwl, ac
estyn y botel ddŵr i Rahel. Marw byddai ei enaid
beth bynnag heb Rahel.

Wrth ochr y werddon y tu allan i Amasteri, roedd
gwaed yn gymysg â'r dŵr, cwmwl coch yn ehangu'n
ddiog yn y dŵr clir. Llifai'r gwaed o'r corff oedd yn
gorwedd yn llonydd ar y lan, o'r fraich oedd yn
gorwedd yn llipa yn y dŵr. O dan y corff, roedd
mwy o waed wedi troi'r tywod yn garped brown
budr.

Ymhen amser, eiliadau, munudau efallai, oriau
hyd yn oed, symudodd y corff fymryn.

Glaw!
Cododd Elai ei ben a chroesawu'r gwlybaniaeth a
oedd yn tasgu yn erbyn ei wyneb. Agorodd ei geg a
mwynhau'r dafnau mawr yn taro'i dafod cyn llithro
i lawr ei wddf. Trodd at Rahel, a chyda hynny
diflannodd y teimlad o orfoledd ar unwaith o'i
gweld yn eistedd yn llipa yn ei chyfrwy. Roedd hi'n
fyw, mwy neu lai, yn parhau i wyro rhwng hanner
cwsg a thwymyn o hyd, yn llyncu'n awchus o'r botel
ddŵr pan gynigiai Elai honno, ond ddim yn ymateb
i unrhyw beth arall.

Yn awr, a hwythau wedi cyrraedd y mynyddoedd
unwaith eto, amheuai Elai y gallen nhw gyrraedd
Caron mewn pryd i'w gwella. Byddai caledi'r daith
yn siŵr o'i lladd, os na fyddai'r myrdd o angenfilod

yn gwneud hynny gyntaf.

Doedd ond un peth amdani. Dinas Pedraig.

'Fyddet ti byth wedi cyrraedd Caron – rwyt ti'n lwcus ei bod hi wedi cyrraedd fan hyn.'

Symudodd Pedraig i ffwrdd o'r gwely ac amneidio ar Elai i'w ddilyn. Edrychodd Elai unwaith eto ar Rahel, a gysgai'n dawel wedi derbyn rhywfaint o driniaeth gan Pedraig, cyn dilyn y dewin allan o'r ystafell a chau'r drws yn ofalus ar ei ôl.

'Dere i f'ystafell i,' meddai Pedraig. Cychwynnodd y ddau drwy'r coridorau a Pedraig yn cyfarch rhyw-un nawr ag yn y man wrth siarad ag Elai.

'Alla i ddim gwneud fawr mwy iddi hi, Elai. Mae hi wedi ei niweidio'n rhy ddrwg ac wedi colli gor-mod o waed i unrhyw fath o hud gael effaith. Gorffwys sy angen arni hi nawr, wythnosau, os nad misoedd, o orffwys.'

'Mae'n rhaid i fi ddychwelyd i Garon,' meddai Elai, wrth i'r ddau symud o ffordd garsiwn o filwyr yn martsio heibio. 'Wnei di ofalu ar ei hôl?'

Gwenodd Pedraig. 'Wrth gwrs. Ond cyn i ti fynd, dywed wrtha i be ddigwyddodd yn Amasteri.'

Wedi i Elai orffen dweud ei hanes, eisteddodd yntau a Pedraig mewn tawelwch. Syllodd Elai ar y pibau metel yn rhedeg o amgylch y waliau, ond nid y metel gloyw a welai ond wyneb Cain. Doedd Cain ac yntau ddim ond wedi adnabod ei gilydd am ryw wythnos neu ddwy ond doedd hynny ddim yn pylu gronyn ar y golled. Ond am Alarnel, ar y llaw arall, ni theimlai Elai ddim ond dirmyg a chasineb am eu harwain ar gyfeiliorn.

'Felly, Elai, be nesa?'

Neidiodd Elai o glywed llais Pedraig. Roedd hwnnw'n llenwi'i bib yn bwyllog a gwyliodd Elai e'n tanio'r bib cyn ateb.

'Thoth-Anaos.'

Tagodd Pedraig ar ei bib ond, rhwng pesychiadau, llwyddodd i ofyn, 'Thoth-Anaos? Dwyt ti ddim o ddifri! Be am yr hyn ddwedodd y necromanser?'

Cododd Elai ei ysgwyddau. 'Be *am* y necromanser? Ddwedodd e fawr ddim o bwys. Ac am Thoth-Anaos, rhyw gonsuriwr ceiniog a dime yw e.'

Sychodd Pedraig ei lygaid ac ailgynnau ei bib. 'Rwyt ti wedi gweld llawer yn yr wythnosau diwetha, Elai, ond dim digon i fod mor haerllug â hynny, a dim hanner digon i wynebu dewin fel Thoth-Anaos. Paid â gadael i beth ddigwyddodd yn Amasteri dy wneud ti'n fyrbwyll – lwc oedd un o'r pethau ddaeth â ti 'n ôl yn fyw o'r ddinas felltigedig honno.'

'Ond . . .'

Cododd Pedraig ei law i dawelu Elai. '*Gwranda*. Fe gest ti rybudd gan y necromanser. Y duwiau'n unig a ŵyr pam na laddodd e ti a Rahel, ond cred ti fi, dwi'n siŵr y galle fe fod wedi gwneud hynny cyn i ti hyd yn oed feddwl am estyn am garn dy gleddyf.'

Oerodd Elai drwyddo.

'Sut . . .'

'Sut rwyt ti'n meddwl, Elai? Yr un ffordd y dangoses i'r ddinas i ti yn y lle cynta. Fe weithies i'n gythreulig o galed i'w gadw e rhag ymosod arnat ti. Symudes i ddim am ddiwrnod cyfan wedyn, ro'wn i wedi blino cymaint. Roedd e'n eithriadol o nerthol.

Mae Thoth-Anaos yn gryfach o lawer. Ac ar ben hynny, mae ei nerth wedi ei wallgofi – pam arall y byddai e'n eich anfon chi'r holl ffordd i Amasteri yn lle'ch lladd yn y fan a'r lle?'

Teimlai Elai'n anghyfforddus; roedd ei ddillad yn teimlo'n oer a budr, a'i gorff yn teimlo blinder yr wythnos ddiwetha hyd fêr ei esgyrn. Rhwbiodd ei wyneb yn lluddedig.

'Dwyt ti ddim yn deall, Pedraig. Mae'n rhaid i fi wynebu Thoth-Anaos, gwallgo neu beidio. Mae'n rhaid i fi ddarganfod pam mae e am gael gwared arna i.'

Ochneidiodd Pedraig. 'Na, Elai. Dwi'n deall yn rhy dda o lawer. Arwyr. I gyd yr un peth – un ai yn cario baich enfawr o euogrwydd am rywbeth nad oedden nhw yn gyfrifol amdano yn y lle cynta neu yn gwneud rhywbeth yn grwsâd personol, hurt. Ac mae'n siŵr y bydde hi'n wastraff amser i fi geisio dy berswadio di fel arall, gan dy fod ti wedi meddwl am hyn yn galed ac mai dyma dy ffawd, bla bla bla.'

'Rhywbeth fel'na,' atebodd Elai. 'Ond dwi ddim yn meiddio meddwl am y peth yn rhy galed, gyda Samhain ma's fan'na hefyd.'

'O leia rwyt ti'n onest,' chwarddodd Pedraig. 'Dydw i ddim yn gwybod fawr ddim am Samhain,' ychwanegodd yn fwy difrifol. 'Dwi'n cofio clywed ei enw ond fawr mwy na hynny. Ond am Thoth-Anaos; wel, mae ynte a fi wedi anghytuno'n gas nawr ac yn y man dros y canrifoedd. Dwi'n gwybod o brofiad beth yw ei gryfderau, Elai. A dyw casglu hen greiriau ddim yn un o'r rheiny, coelia di fi.'

Roedd pen Elai'n troi erbyn hyn a'i feddwl yn bygwth cau i lawr yn hytrach na wynebu mwy o ddatguddiadau anhygoel gan Pedraig. Cododd hwnnw ar ei draed.

'Paid ag edrych mor sâl, Elai. O leia cyn i ti adael am Garon, fe alla i dy ddysgu di am rywfaint o'i wendidau e hefyd. Gobeithio y byddi di byw'n ddigon hir i ddefnyddio'r wybodaeth.'

Pennod 20

'Mae gen ti ddewis. Fe gei di farw, neu fe gei di droi i ffwrdd a byw.'

A'i ddwylo'n hongian yn llipa wrth ei ochr, a'i gleddyf yn ei wain, safai Elai'n stond wrth siarad. Roedd yr agosaf o'r tri lleidr pen-ffordd yn cnoi ei wefus yn nerfus. Oedd y boi 'ma o ddifri? Ond pam nad oedd e wedi dadweinio'r cleddyf? Oedd e'n dipyn o ymladdwr? Ar ben yr amheuon hynny, doedd e ddim yn edrych yn gyfoethog iawn – ond dyna ni, roedd nifer o uchelwyr Hyrcania yn gwisgo'n dlawd i osgoi tynnu sylw lladron y dyddiau hyn.

Newidiodd y lleidr ei afael ar ei gleddyf byr a chiledrychodd yn gyflym ar ei ddau gymrawd a oedd yn dechrau anesmwytho yn wyneb ymddygiad rhyfedd, hyderus y llanc ifanc hwn. Ond roedd ei wyneb ifanc yn dangos creithiau tipyn o frwydro . . .

'Dere mlaen, cer amdano fe,' meddai un o'r ddau y tu ôl i'r arweinydd. 'Blyffio mae e.'

Nesaodd yr arweinydd at Elai a safai heb symud dim. Daliai'r arweinydd ei gleddyf byr yn ei law dde a'i law chwith wedi ei hestyn o'i flaen. Efallai mai blyffio oedd y boi 'ma wedi'r cyfan . . .

Gadawodd Elai iddo gamu o fewn dwy droedfedd iddo. Wrth i'r lleidr gamu yn agosach na dwy droedfedd, anadlodd Elai allan yn gryf a throi'i fyd yn goch ar amrantiad. Llithrodd yn rhwydd i ochr dde'r lleidr gan afael yn ei law dde. Trodd yr arddwrn yn giaidd a thynnu'r cleddyf o'r llaw'n rhwydd gyda'i law rydd ei hun. Gan ddal ei afael ar yr arddwrn sgubodd draed y lleidr oddi tano ac wrth i hwnnw lanio'n domen ar y llawr tynhaodd Elai ei afael a phlannu ei droed yn gadarn ar ei wyneb.

'Gwrandewch unwaith eto,' meddai Elai'n galed. 'Byw neu farw. Chi sy â'r dewis.'

'Iawn, iawn, ryn ni'n mynd,' meddai un o'r lladron eraill yn frysiog. Gollyngodd Elai ei afael a chamu o'r ffordd. Sgrialodd yr arweinydd ar ei draed gan gadw ei lygaid ar Elai. Ciciodd Elai y cleddyf tuag ato ac wedi i'r arweinydd ei gipio oddi ar y llawr, heglodd y tri o'r golwg. Mor sydyn ag yr ymddangosodd, diflannodd y cochni o flaen llygaid Elai.

Cerddodd yn ôl at ei geffyl a oedd yn pori'n hamddenol rai llathenni i ffwrdd, a chryndod yn dechrau gafael yn ei gymalau. O'r funud yr ymddangosodd y tri, doedd e ddim wedi bod eisiau eu lladd; roedd e wedi gweld digon o waed a marwolaeth dros yr wythnosau diwethaf i'w fodloni am flynyddoedd. Byddai marwolaeth tri lleidr penffordd cyffredin wedi bod yn ddibwrpas.

Ymysgydwodd yn sydyn. Oedd Pedraig yn iawn wedi'r cyfan? Oedd e wedi troi'n rhy hyf a haerllug o lawer ar ôl beth nad oedd mewn gwirionedd ond dyrnaid o sgarmesau? Roedd e wedi cymryd yn ganiataol y gallai faeddu'r tri, agwedd rhy ryfygus o lawer, er fod y sgiliau roedd Rahel wedi eu dysgu iddo wedi gweithio'n gampus.

Rahel. Mwythodd war ei geffyl, a meddwl am Rahel yn gorwedd yn hanner marw yn ninas Pedraig. Pe bai Rahel yn marw . . .

Dim iws mwydro. *Ond roedd e wedi llwyddo i dynnu ar ei alluoedd yn wirfoddol.* Ysgydwodd ei ben yn araf a churodd ei galon yn gyflymach. Lledodd hanner gwên ar ei wyneb; yna ceisiodd ganolbwyntio ei feddwl ar yr hyn oedd o'i flaen: Thoth-Anaos

A Samhain.

Doedd Elai ddim yn credu am un eiliad fod Samhain yn farw; byddai'n gwybod ym mêr ei esgyrn pan fyddai hynny'n digwydd.

Ddiwrnod ar ôl cyrraedd y mynyddoedd, dridiau ar ôl i'r marchog ddeffro wrth ochr gwerddon dramor yn anialwch crasboeth Syracia, roedd tywod yn parhau i lynu wrth ystlys y ceffyl ac wrth yr arfwisg oedd yn hongian y tu ôl i'r cyfrwy. Pwysai'r marchog ymlaen yn y cyfrwy a gafael yn dynn yn y ffrwyn, fel pe bai ei fywyd yn dibynnu ar gadernid ei afael.

O edrych arno, roedd yn amlwg fod y marchog wedi dod yn ddigon agos i adael y bywyd hwn yn ddiweddar iawn. Ar hyd a lled ei diwnig dywyll roedd staeniau tywyllach, brown-goch ac roedd yr un gwaed wedi ceulo i'w weld ar wyneb a breichiau'r marchog, rhwng archollion dwfn na ddaethant o'r un cleddyf na'r un arf daearol. Roedd wyneb y marchog yn dangos ôl blynyddoedd o frwydro – yn ogystal â thridiau o deithio caled – ond roedd y llygaid yn awr yn dangos i'r frwydr ddiwetha frifo'n ddyfnach na'r un clwyf corfforol.

Ffrwynodd y marchog y ceffyl yn sydyn ac edrych ar yr olygfa fawreddog yn ymestyn oddi tano wrth droed y mynyddoedd: gwastadedd Aracarion ac, yn smotyn di-nod ar y gorwel, Caron.

Rhywle ar y gwastadedd roedd Elai, yn cario'i gleddyf e. Roedd amser y frwydr ola'n agosáu. Sbardunodd Samhain ei geffyl i lawr y llethr tua'r gwastadedd.

Disgleiriai haul cynta'r dydd ar waliau Caron, gan wneud i'r ddinas edrych fel lamp yn sefyll ar ganol gwastadedd Aracarion. Dros filltir i ffwrdd o'i waliau, gallai Elai glywed arogl y ddinas – drewdod miloedd o ddynion, gwragedd, creaduriaid ac anifeiliaid yn gymysg ag arogl mwg holl simneiai'r ddinas – ac eto, roedd clywed yr arogl hwnnw, mor sur ag yr oedd e, yn rhyddhad, yn rhywbeth cyfarwydd ar ôl wythnosau o'r anghyfarwydd.

Sbardunodd ei geffyl ymlaen i lawr y ffordd tua phorth dwyreiniol y ddinas, gan basio grwpiau bychain o deithwyr a milwyr, nawr ac yn y man, yn gadael y ddinas gyda'r wawr am y dwyrain.

Carlamodd drwy'r porth ac ymlaen am funud neu ddwy drwy'r strydoedd cyn ffrwyno'i geffyl yn ddirybudd. Sgrialodd carnau'r ceffyl ar hyd cerrig y ffordd a oedd yn wlyb gan wlith, wrth iddo geisio stopio mor sydyn. Gweryrodd mewn protest wedi iddo arafu, a'i anadl yn gymylau yn oerfel y bore bach.

Ble gebyst *oedd* tŷ Thoth-Anaos? Wrth blygu mlaen i fwytho gwar y ceffyl, edrychodd Elai ar draws y ddinas mewn penbleth. Oddi tano, gallai weld strydoedd y ddinas yn rhedeg i lawr ochrau'r fowlen fawr naturiol yng nghanol y ddinas ac i fyny i bob cyfeiriad yr ochr arall i'r sgwâr canolog.

Marchogodd ymlaen, yn arafach o lawer y tro hwn, heibio i berchenogion yn agor siopau am y diwrnod ac yn rhwbio'u hwynebau yn flinedig wrth syllu ar Elai'n marchogaeth heibio. Ffrwynodd Elai'r ceffyl i adael i gart a cheffyl lafurio i fyny'r bryn heibio iddo. Fe ddylai fod wedi gwneud yn siŵr sut i ffeindio Thoth-Anaos cyn gadael dinas Pedraig nid . . .

'Yffach, roeddet ti'n hyll y tro cynta, ond rwyt ti'n waeth nawr!'

Trodd Elai i gyfeiriad y llais a'i waed yn corddi, yn rhannol o glywed y geiriau ac yn rhannol oherwydd ei dwpdra'i hun. Yn pwyso yn erbyn ffrâm drws tafarn cyfagos roedd clamp o hanner-orc, yn smygu pib yn hamddenol.

'Anzig!'

Wrth y bar yn nhafarn Y Ddraig a'r Corrach a golau'r haul yn dechrau treiddio drwy'r ffenestri bychain i'r ystafell dywyll, claddai Elai'r tameidiau olaf o'i frecwast wrth adrodd hanes yr anturiaeth i Amasteri wrth Anzig; gwrandawai hwnnw'n dawel gan dynnu ar ei bib yn feddylgar. Wedi i Elai orffen roedd y ddau'n dawel am funud neu ddwy. Gwyliodd Elai forwyn yn glanhau o amgylch y bar; gwenodd arni wrth iddi edrych arno, ond nid wyneb y forwyn a welai, ond wyneb Rahel.

'Mae'n ddrwg gen i am dy ffrindiau,' meddai Anzig o'r diwedd. 'Ond os dwi'n cofio'n iawn, roeddet ti ar fin sticio Cain yn ei wddf y tro diwetha i fi dy weld ti.' Amneidiodd Elai'n drist, cyn i Anzig estyn ei law ato a throi ei wyneb i un ochr gyda bys garw.

'Mae'r clais yna wedi mynd hefyd, ond mae 'na ddigon o grafiadau newydd wedi dod yn ei le. Dwyt ti ddim yn edrych yn rhy dda, Elai. Pryd cysgest ti'n iawn ddiwetha?'

'Amser yn ôl.' Cofiodd Elai'n ôl i'r noson honno yn yr ogof ar y ffordd i Amasteri.

'Mae gormod ar dy feddwl, Elai. Rwyt ti wedi gweld gormod mewn amser rhy fyr.'

Cododd Elai ei ysgwyddau. 'Ydw, mwy na thebyg. Ond dwi wedi dysgu llawer hefyd.'

Chwaraeodd Anzig gyda chwpan gwag Elai.

'Thoth-Anaos,' meddai ymhen munud. 'Wyt ti'n siŵr?'

Gwyliodd Elai'r cwpan yn troelli ar y bar. 'Ydw,' meddai'n dawel.

'Wyt ti'n gwybod pwy - a *beth* - yw e?'

'Ydw.'

'Gallet ti farw.'

'Dwi'n gwybod.'

'Wyt ti'n gwybod beth wyt ti'n mynd i'w wneud pan weli di e?'

'Na.'

'Falle na fydd e ddim yn teimlo fel siarad.'

'Dwi'n gwybod.'

Ochneidiodd Anzig. 'Wel, fe dries i dy berswadio di i beidio. Reit, gad i fi gasglu fy stwff . . .'

'Be?' Edrychodd Elai arno'n syn.

'Martha!' gwaeddodd Anzig i gefn y bar. 'Dere â'r gist!'

'Aros funud,' meddai Elai. 'Be wyt ti'n 'i wneud?'

'Wel, dod gyda ti, wrth gwrs,' meddai Anzig yn

151

llawen a gwên grwca yn lledu ar draws ei wyneb. 'Be wyt ti'n 'feddwl – mynd ar dy ben dy hun?'

'Ond does dim raid i ti, nid dy broblem di . . .'

'Mae arna i ffafr i ti, Elai, wyt ti'n cofio? Biti na fase fe'n rhywbeth haws, fel pigo blode, ond dyna ni. Dwi'n hoffi tipyn o hwyl a chyffro mewn bywyd. Gwneud iawn am ddiflastod cadw tafarn.'

'Ti sy . . . ?'

'Wrth gwrs. Sut wyt ti'n meddwl cest ti frecwast am ddim? Ro'wn i'n treulio cymaint o amser yma rhwng anturiaethau, wel, fe ges i un anturiaeth lwyddiannus iawn ac fe brynes i'r lle. Arbed ffort-iwn mewn cwrw, ti'n gwbod. A, dyma Martha.'

Daeth Martha – y forwyn – yn ôl i mewn i'r bar gan simsanu o dan bwysau cist fawr oedd yn mesur rhyw lathen o hyd. Gyda chryn ymdrech cododd Martha'r gist a'i gosod ar y bar o flaen Anzig. Gwyliodd Anzig ymateb Elai i'r olygfa.

'Paid â phoeni, Elai,' meddai'n ddireidus, 'cosb yw'r cyfan am iddi dorri gên un o'r cwsmeriaid neithiwr.'

'Ei fai e oedd e,' meddai'r forwyn yn swrth ond ag arlliw o wên yn chwarae ar ei gwefusau. 'Ti fydd nesa, Anzig.' Trodd ar ei sawdl a gadael, tra rhythai Elai'n syn ar ei hôl.

Agorodd Anzig gaead y gist a thurio i mewn i'w chynnwys. 'Halen y ddaear yw honna, Elai, halen y ddaear. Ac yffarn o law dde ganddi hefyd.'

'Anzig, rwyt ti'n godwr calon, yn wir i ti.' Am y tro cyntaf mewn wythnosau, gwenodd Elai.

Rhododd Anzig y gorau i'r turio am funud a chil-edrych arno'n amheus.

'Hei, cadw dy ddywediadau gwladaidd i ti dy hun,

gw'boi. Dwi'n hanner-orc parchus nawr, yn dafarn-wr, cofia.' Rhoddodd ei law ar ysgwydd Elai. 'Ond dwi'n falch o'th weld ti'n gwenu o'r diwedd,' meddai'n dawelach ac yn fwy difrifol. 'Bydd angen i ti glirio dy feddwl o bopeth sy wedi digwydd i ti'n ddiweddar cyn wynebu Thoth-Anaos. Aha!'

O'r gist tynnodd Anzig ei fwyell ddeulafn enfawr. Fflachiodd y llafnau yng ngolau'r haul.

'Gewn ni weld allwn ni blannu hon ym mhen Thoth-Anaos cyn diwedd y dydd!' taranodd yr hanner-orc a lledodd y wên grwca ar draws ei wyneb llydan unwaith eto. Ffug-besychodd, cyn ychwanegu, 'Os na wnaiff e siarad, wrth gwrs. Ddim yn foi poblogaidd iawn, Thoth-Anaos, ond yn eithriadol nerthol. Mae pobl yn dueddol o fod yn barchus wedyn.'

Gwenodd Elai hefyd, cyn gweld adlewyrchiad ei wyneb yn un o'r llafnau. Oerodd drwyddo wrth astudio'i wyneb.

Teimlai ei fod yn edrych ar wyneb rhywun arall.

Pennod 21

Safai Elai ac Anzig wrth draed y grisiau yng nghyntedd tŷ Thoth-Anaos a'r drws yn sglodion dan eu traed. Edrychodd Anzig yn euog ar y llanast.

'Wel, dere mlaen, Elai, doedd 'na ddim ateb ac . . .' Tawelodd yn sydyn. Rhoddodd fys ar ei wefusau cyn pwyntio gyda'r un bys i fyny'r grisiau.

'Rhywun i fyny fan'na,' sibrydodd yr hanner-orc.

Amneidiodd Elai gan ddadweinio'i gleddyf yn esmwyth a thawel. Dechreuodd ddringo'r grisiau gan gadw golwg wyliadwrus o'i flaen. Dilynodd Anzig, gan symud llawn mor dawel, er gwaetha'i faint.

Clywodd Elai ris ola'r grisiau'n gwichian a stopiodd yn ei unfan am eiliad i wrando am unrhyw sŵn arall. Yr eiliad honno saethodd saeth fechan ar draws y coridor o'i flaen a phlannu'i hun yn ddwfn i'r wal – ar yr union uchder y dylai pen Elai fod. Chwibanodd Anzig yn dawel y tu ôl iddo.

'Lwcus, Elai,' meddai. Pwyntiodd at ddrws ar ben draw'r coridor. 'Fan'na?'

Amneidiodd Elai.

'A gwylia dy hun y tro hwn.'

Edrychodd Elai'n ofalus i lawr y coridor: un drws y pen draw ac un arall hanner ffordd i lawr y coridor a ffenest fach gyferbyn â'r drws hwnnw. Brathodd ei wefus isaf yn feddylgar cyn troi ac estyn ei gleddyf tuag at Anzig; cymerodd hwnnw'r carn a golwg chwilfrydig ar ei wyneb.

Cymerodd Elai anadl ddofn cyn rhedeg yn wyllt i lawr y coridor tua'r drws pellaf, a sŵn saethau'n gwibio ar draws y coridor y tu ôl iddo'n ei sbarduno i redeg yn gyflymach. Cyrhaeddodd y drws pellaf a throi i edrych ar y coridor, gan geisio cael ei wynt ato; ar hyd y waliau roedd dwsinau o saethau o bob maint, o'r llawr i'r nenfwd, a'r rhai mwya'n dirgrynu o hyd. Ar ben draw'r coridor, ysgydwai Anzig ei ben ond roedd gwên lydan ar ei wyneb.

Teimlodd Elai gryndod yn dod trosto fymryn cyn iddo deimlo'i waed ei hun yn gynnes ar gefn ei goes chwith. Cyn iddo gael cyfle i edrych ar y clwyf agorodd y drws ar ganol y coridor ac ymddangos-odd dau ddyn, wedi'u harfogi'n drwm ac yn cario cleddyfau byrion. Ar amrantiad, newidiodd Anzig ei afael ar gleddyf Elai a'i daflu, y carn yn gyntaf, tuag at Elai. Daliodd Elai'r carn yn rhwydd – bron fel petai'r cleddyf wedi'i lywio'i hun tuag ato – eiliad cyn i un o'r dynion ddod ar ei warthaf.

Ar unwaith, deallodd Elai'r rheswm dros gleddyf-au byrion y dynion wrth iddo geisio'n lletchwith ddefnyddio'i gleddyf hir ei hun. Llwyddai'r llall i drywanu'n gyflymach a rhwyddach wrth i Elai ym-ladd yn galetach a chaletach i'w amddiffyn ei hun. Yn raddol llwyddai'i wrthwynebydd i gael y trechaf arno ac o'r diwedd anelodd am frest Elai. Gan geis-io tynnu'n daer ar ei nerthodd Arai taflodd Elai'i hun o'r neilltu ond daliodd y cleddyf byr ei fraich dde gan rwygo'n rhwydd drwy'i lawes ledr ac i'r cnawd.

Disgynnodd cleddyf Elai i'r llawr wrth i'w olwg

ddechrau cochi ond dilynodd ei wrthwynebydd drywaniad y cleddyf gyda dyrnod galed i wyneb Elai gyda'i law rydd. Diflannodd y cochni ar unwaith wrth i Elai weld sêr a gwegio yn erbyn y drws caeedig y tu ôl iddo. Llwyddodd Elai i osgoi trywaniad arall o drwch blewyn cyn gwthio'n reddfol yn erbyn llurig y dyn gyda'i ddwylo. Ac Elai'n synnu at ei bwysau, symudodd yr ymladdwr yn ôl fymryn bach cyn iddo neidio'n ôl, a'i gleddyf yn chwibanu am ben Elai.

Y tro hwn roedd Elai'n barod amdano. Cyrcydodd yn sydyn a phlannwyd llafn y cleddyf byr yn ddwfn ym mhren y drws uwch ei ben. Taflodd Elai ei hun i fyny ac, heb le i ddefnyddio'i ddyrnau, trawodd y dyn yn galed yn ei foch gyda'i benelin chwith, gan deimlo'r asgwrn yn rhoi. Simsanodd y dyn ond synnodd Elai ei weld yn sefyll o hyd. Heb oedi plygodd Elai a gafael yn ei gleddyf ei hun a'i drywanu i stumog y dyn, rhwng ei lurig a'r paneli arfog islaw. A'i lygaid yn pylu, suddodd y truan i'w liniau; gyda chic fach rhyddhaodd Elai ei gleddyf a chwympodd y dyn yn ôl yn llipa.

Syllodd Elai ar y corff a orweddai yn siâp annaturiol marwolaeth. Ysgydwodd ei ben yn drist cyn i'r boen yn ei fraich dde dynnu'i sylw.

'Mae hwnna'n edrych yn gas, hyd yn oed o fan hyn.'

Cododd Elai ei ben i weld Anzig yn sefyll ar ben draw'r coridor, yn sychu llafnau ei fwyell yn ofalus ar ei drowsus. Crychodd talcen Elai am funud wrth edrych am y gwarchodwr arall. Pwyntiodd Anzig yn hamddenol gyda'i fawd tua'r ffenest; sylweddolodd Elai'n sydyn ei bod wedi torri a bod gwydr yn deilchion dros lawr y coridor.

'Diawled caled, Camriaid,' meddai Anzig.

'Be?' Archwiliodd Elai ei glwyf; ddim yn rhy ddrwg, wedi'r cyfan. Gobeithio.

'Dyna beth oedd y ddau 'na. Camriaid. Fe weli di nhw'n aml fel gwarchodwyr personol . . .'

Clywodd Elai ac Anzig y sŵn bychan drwy'r drws agored. Gan geisio rhoi'r boen o'i feddwl gafaelodd Elai yn ei gleddyf gyda'i law chwith a chamu dros gorff y gwarchodwr tuag at y drws, gydag Anzig yn cyrraedd yno yr un pryd, yn barod gyda'i fwyell. Ynganodd yr hanner-orc yn dawel – un, dau, tri . . .

Taflodd y ddau eu hunain drwy'r drws mewn pryd i weld Dagmar yn ceisio dianc yn dawel drwy ffenest agored. Ar unwaith neidiodd Anzig tuag ato, a llafn y fwyell yn hedfan drwy'r awyr o'i flaen.

'Na!'

Gwaeddodd Elai wrth i'r fwyell lanio'n solet, cyn teimlo'r rhyddhad wrth weld y llafn yn ffrâm y ffenest. Rhewodd Dagmar gan adael i Anzig ei lusgo'n rhwydd yn ôl i mewn i'r ystafell. Trodd Anzig at Elai'n syn.

'Doeddet ti byth yn meddwl . . .' meddai'n chwareus. Amneidiodd Elai cyn gafael yn Dagmar gerfydd ei goler; twt-twtiai Anzig yn uchel wrth dynnu ei fwyell o'r pren,

'Dyw e ddim yma,' gwichiodd Dagmar. 'Wir! Thoth-Anaos, dyw e ddim yma!' Crynai Dagmar; roedd ei wyneb yn wyn.

'Wel, fe gei di fynd â ni drwy'r tŷ,' meddai Elai, 'ac os nad yw e yma . . .'

Gwelwodd Dagmar fymryn yn rhagor.

'. . . mae gen ti *lawer* o esbonio i'w wneud.'

Gorffennodd Anzig rwymo'r clwyf ar fraich Elai ac edrych ar ei goes yn frysiog.

'Crafiad ar dy goes, Elai, 'na i gyd. Dyw dy fraich ddim yn ddrwg ond dy wyneb...' Ysgydwodd Anzig ei ben a hanner gwên ar ei wyneb. 'Bydd gen ti yffarn o lygad du fory.'

Gwenodd Elai, ond roedd ei feddwl ar bethau eraill. Edrychodd ar Dagmar yn eistedd yn dawel ar un o gadeiriau moethus ystafell Thoth-Anaos; doedd hwnnw ddim yn y tŷ a doedd gan Dagmar ddim syniad ble roedd ei feistr. Serch hynny, roedd Elai ac Anzig wedi llwyddo i godi cryn ofn ar Dagmar wrth iddo eu harwain o amgylch ac wedi i Anzig orffen, trodd ar unwaith at y gwas a cheisio cadw goslef fygythiol yn ei lais.

'Dagmar.' Byseddodd Elai garn ei gleddyf yn fedd-ylgar, cyn ei roi'n ofalus – ac yn araf – ar y llawr o'i flaen. Taflodd gipolwg ar Anzig; ar amrantiad chwiliodd hwnnw yn ei boced am ychydig eiliadau cyn ffeindio carreg fechan. Yn bwyllog, dechreuodd yr hanner-orc hogi un o lafnau ei fwyell, gan syllu ar Dagmar a oedd yn prysur anesmwytho.

'Dagmar,' meddai Elai o'r diwedd, 'beth am es-boniad.'

'E-esboniad?' gofynnodd Dagmar yn gryg.

'Thoth-Anaos. Pam mae e eisiau fy lladd i a'r lleill. Pam y cawson ni ein perswadio – ein hudo – i fynd i Syracia pan allai fod wedi'n lladd ni fan hyn. Pethe bach fel'na.'

Edrychodd Dagmar drwy un o ffenestri'r ystafell ac yna ar y silffoedd llyfrau gorlawn o amgylch yr ystafell, cyn syllu ar Anzig. Ochneidiodd yn uchel a throi yn ôl at Elai.

'Mae'n siŵr eich bod chi wedi darganfod nad casglwr hen greiriau yw Thoth-Anaos, ond dewin, ac un nerthol iawn hefyd. Falle nad 'ych chi ddim yn gwybod ei fod e'n ganrifoedd oed. Mae e wedi bod â'i fys yn y brywes yn Hyrcania am y rhan fwyaf o'r amser hwnnw hefyd. Ond y rheswm syml ei fod e am dy ladd di, Elai, yw am mai ti yw mab Manog.'

Syllodd Elai'n hurt ar Dagmar, gan agor a chau ei geg yn dawel.

'O diar,' meddai Anzig wedi anghofio'i fwyell ar ei gôl.

'Manog – Tywysog Hyrcania?' sibrydodd Elai o'r diwedd.

'Wrth gwrs,' atebodd Dagmar fymryn yn gadarnach yn awr. 'Fe geisiodd Thoth-Anaos ddiorseddu Manog ryw ugain mlynedd yn ôl. Fe laddodd e'r dywysoges ond chafodd e mo'i ddwylo ar y plant. Fe ddiflannon nhw'n sydyn yn ystod yr helbul.'

Trodd Elai at Anzig. 'Wyt ti'n cofio hyn?'

'Ydw, mwy neu lai. Ddwedodd neb ar y pryd pwy oedd y tu cefn i'r gwrthryfel. Rhyw dridiau barodd y cyfan os dwi'n cofio'n iawn. Roedd hi'n amser peryglus, Marchogion Arai yn lladd ei gilydd yn y stryd, doedd neb yn gwybod yn iawn pam.' Chwarddodd Anzig yn ddi-hiwmor. 'Amser perffaith i Thoth-Anaos geisio diorseddu Manog.'

'Ond pam na wnaeth Manog gosbi Thoth-Anaos?' gofynnodd Elai.

'Fedrai neb brofi i sicrwydd mai Thoth-Anaos oedd y tu ôl i'r gwrthryfel,' meddai Dagmar. 'Fe ddiflannodd Thoth-Anaos am rai blynyddoedd wedi'r helbul ac erbyn iddo fe ddod yn ôl i Garon –

159

wel, a' i ddim mewn i'r hanes i gyd. Mae'r hanner-orc yn iawn. Roedd hi'n amser peryglus a chymysg-lyd. Doedd neb yn gwybod yn iawn beth oedd yn mynd mlaen.'

Pwysodd Elai ymlaen yn ei gadair. 'A beth am-dana i?'

'Fe gest ti dy anfon i ffwrdd yng ngofal un o Farchogion Arai i ryw domen ddiarffordd yng nghornel y deyrnas.'

'Ond sut roedd Thoth-Anaos yn gwybod pwy oeddwn i?'

'Lledrith. Dewin yw e wedi'r cyfan.'

'Ond pam ein hanfon ni i Amasteri ar ryw esgus dwl?'

Cododd Dagmar ei ysgwyddau. 'Nid fi yw Thoth-Anaos. Gofyn iddo fe.'

A'i ben yn troi, eisteddodd Elai yn ôl yn ei gadair unwaith eto. Roedd rhywbeth o'i le ar y stori. Beth am ei alluoedd ymladd? Doedd Manog ddim yn Farchog Arai hyd y gwyddai ac roedd Rahel yn weddol sicr . . . Rahel.

'Elai.'

Neidiodd Elai o glywed llais Anzig.

'Wyt ti'n iawn?'

Ochneidiodd Elai. Temlai'n flinedig iawn. 'Ydw. Gallwn i gysgu am ganrif.' Cododd ar ei draed yn sydyn ac estyn am ei gleddyf, gan godi ofn o'r newydd ar Dagmar.

'Reit Anzig – wnei di glymu hwn yn ddiogel?'

Cododd Anzig ei aeliau. 'Beth wedyn?'

'Dwi am ddod o hyd i'r gwir a does ond un lle arall y ca i hwnnw . . .'

Ysgydwodd Anzig ei ben, gan sibrwd 'o diar' dan

ei anadl wrth i syniad Elai wawrio arno yntau.

'. . . castell y Tywysog ei hun.'

Pennod 22

Chwarddodd y gwarchodwr yn uchel unwaith eto.

'Gweld y Tywysog – jest fel'na?' Trodd at ei gyd-warchodwr a oedd yn sefyll gydag e wrth un o byrth bychain dwyreinol y castell, a'i bwnio'n ysgafn yn ei asennau cyn troi'n ôl at Elai. 'A phwy wyt *ti* 'te? Dyw e ddim yn gweld unrhyw *hoi polloi* yn ddirybudd.'

Ceisiodd Elai reoli ei dymer wrth ateb mewn llais tawel a chadarn. 'Mae'n bwysig dros ben . . .'

'Wwww!' Tynnodd y gwarchodwr wyneb hir, comig cyn iddo fe a'i gyd-warchodwr chwerthin yn groch unwaith eto. Symudodd llaw Elai at garn ei gleddyf ond rhoddodd Anzig ei law ar ei ysgwydd ac ysgwyd ei ben.

'Gad hyn i fi, Elai.' Pesychodd Anzig yn uchel ac aros i'r gwarchodwyr gael eu gwynt atyn nhw.

'Foneddigion, er fod eich sioe chi'n ddifyr y tu hwnt, mae gynnon ni'n dau bethau gwell i'w gwneud na sefyll fan hyn drwy'r dydd yn gwrando arnoch chi.'

Newidiodd y gwarchodwr cyntaf ei afael ar ei bicell a'i dal yn gadarnach.

'Fel beth?' gofynnodd, a'i lais yn caledu.

'Fel gweld y Tywysog,' atebodd Anzig, a'i lais yntau'n galed yn awr. 'Ryn ni'n ddinasyddion Hyrcanaidd felly mae'n siŵr y gallwn ni weld ein tywysog ein hunain heb *ormod* o drafferth. Os na, wel, jest edrych i lawr.'

Edrychodd y gwarchodwr i lawr i weld llafn bwyell Anzig yn hofran rhwng ei goesau.

'Os colla i 'nhymer, falle bydd fy mraich yn dechrau crynu, neu waeth.'

Ymddangosodd dafnau o chwys ar dalcen y gwarchodwr.

'Hei, aros di funud,' dechreuodd y llall cyn i Anzig ei daro'n solet gyda'i law chwith, heb dynnu'i olwg unwaith o lygaid y gwarchodwr cyntaf. Neidiodd Elai i ddal y gwarchodwr anymwybodol a'i roi i eistedd yn erbyn wal y castell. Syllodd un neu ddau o'r bobl oedd yn pasio ar yr olygfa cyn gweld Anzig a symud yn eu blaenau'n frysiog.

'Campus,' meddai Anzig yn llon. 'Mewn â ni 'te.'

Hanner awr yn ddiweddarach, wedi siarad, dadlau ac anghytuno yn eu tro gyda sarjant, lefftenant a chapten gwarchodlu'r castell, safai Elai ac Anzig mewn ystafell oer yn y castell o flaen gŵr boneddigaidd canol-oed. Safai capten y gwarchodlu a phedwar gwarchodwr y tu ôl i'r ddau, yn cadw llygad craff arnyn nhw.

'Amaron ydw i,' meddai'r gŵr canol-oed cyn symud i eistedd y tu ôl i fwrdd wedi'i orchuddio â phapurau a memrynau. 'Un o gynghorwyr y Tywysog. Mae'r capten yn dweud eich bod chi wedi bod yn gwneud llawer o sŵn am weld y Tywysog. Pwy 'ych chi?'

Ochneidiodd Elai; roedd wedi gorfod ailadrodd yr un peth sawl gwaith dros yr hanner awr diwethaf. 'Elai, gŵr rhydd o orllewin Hyrcania.' Gogwyddodd ei ben tuag at Anzig. 'Anzig, gŵr rhydd o ddinas

Caron.'

'Ac rych chi am weld y Tywysog?'

Edrychodd Elai tua'r nenfwd mewn anobaith. 'Ydyn, fel ryn ni wedi'i ddweud wrth bawb ond y cogydd yn y castell 'ma.' Ymladdai i gadw'i lais dan reolaeth. 'Mae'n bwysig iawn.'

'Mae'n siŵr ei fod e,' meddai Amaron gan edrych ar daflen o bapur ar y bwrdd. 'Pam?'

'Am mai fi yw mab y Tywysog.'

Ystwyriodd y gwarchodwyr ond ni symudodd Amaron o gwbl. Daliodd i edrych ar y darn papur yn ei law.

'A beth roddodd y syniad hynna i chi?' meddai a'i lais yn gwbl ddi-emosiwn.

'Thoth-Anaos.'

Gwelwodd Amaron ond cyn iddo ddweud gair atseiniodd llais arall drwy'r ystafell.

'Thoth-Anaos? Be mae'r cythrel dieflig yna wedi'i wneud nawr?'

Cododd Amaron ar ei draed ar unwaith a throdd Elai ac Anzig i wynebu perchennog y llais newydd hwn: gŵr tal, cydnerth ond er fod gwên ar ei wyneb golygus, roedd dur i'w weld yn ei lygaid.

Teimlodd Elai blwc ar ei lawes; edrychodd i'r ochr i weld Anzig yn moesymgrymu a gwnaeth yntau'r un fath.

'Iawn, foneddigion,' meddai Manog, 'pwy sy'n mynd i esbonio beth mae Thoth-Anaos yn ei wneud?'

Cerddodd Manog i mewn i'r ystafell a gŵr cydnerth arall y tu ôl iddo. Sylwodd Elai fod haen o chwys ar wynebau'r ddau ac roedd y llall yn cario casgliad o arfau.

'Mae'r ddau wedi bod yn mynnu eich gweld, Dywysog,' dechreuodd Amaron ond chwifiodd Manog ei law.

'Na, Amaron,' meddai. 'Diolch i ti, ond dwi am glywed yr hanes gan y rhain.' Cerddodd y tu ôl i'r bwrdd a symudodd Amaron i adael iddo eistedd i lawr. 'Capten, fe allwch chi a'ch dynion fynd.'

Oedodd y capten wrth y drws, gan lygadu Elai ac Anzig yn amheus. 'Ydych chi'n siŵr, Dywysog?' gofynnodd yn betrus. Chwarddodd Manog.

'Ydw, yn berffaith siŵr. Mae'r ddau yn edrych yn ddigon diogel ac hyd yn oed os nad ydyn nhw, mae Marac yma gyda fi.'

Chwarddodd y gŵr arall wrth roi'r pentwr o arfau ar y llawr a phwyso'n hamddenol ar un o waliau'r ystafell.

'Ac i'ch gwneud chi'n hapusach,' meddai Anzig yn sydyn wrth adnabod yr olwg yn llygaid Marac, 'gadewch i ni roi'r rhain i un ochr.' Rhoddodd ei fwyell wrth ymyl y drws a symudodd Elai i osod ei gleddyf yn ei hymyl. Gyda hynny, gadawodd y Capten a'i filwyr.

'Diolch, foneddigion,' meddai'r Tywysog, wedi eiliad neu ddwy o dawelwch. 'Nawr, beth am Thoth-Anaos.'

Yn bwyllog, adroddodd Elai ei hanes, o'r pentref i Garon, o Garon i Amasteri ac yn ôl i'r ddinas. Ymdrechodd i gadw'i lais rhag torri wrth sôn am Cain, ac yn arbennig wrth sôn am Rahel. Drwy'r holl hanes, eisteddai Manog yn hollol lonydd, a'i freichiau wedi eu plethu o'i flaen. Edrychai i fyw llygaid Elai. Nawr ac yn y man, ysgydwai Amaron ei ben ond ni symudodd Marac yr un blewyn.

'Ac ar ôl i Dagmar ddweud hynny,' gorffennodd Elai, 'fe ddaethon ni ar unwaith i'r castell.'

Ysgydwodd Manog ei ben yn araf. 'Dyna lawer o enwau dwi ddim wedi'u clywed ers amser maith. Pedraig. Arai.' Edrychodd draw at Marac. 'Wel, Marac, ydy e'n un ohonoch chi?'

'Ydy,' meddai Marac heb symud.

'Sut ar y ddaear . . . ?' Syllodd Elai ar Marac.

'Mae llinach Marac yn mynd yn ôl yn ddi-dor i'r Marchogion cynta,' meddai Manog. 'Mae ganddo nifer o'r pwerau oedd gan y Marchogion gwreidd-iol, pwerau gafodd eu colli'n ddiweddarach. Un o'r pwerau hynny yw'r gallu i adnabod Arai arall.'

Rhythodd Elai ar Anzig; cododd hwnnw ei ys-gwyddau, a'r un hen wên fach chwareus yn ym-ddangos ar ei wyneb am eiliad.

'Ta waeth am hynny,' meddai Manog, 'fel y gelli di ddyfalu, Elai, os mai Marchog Arai wyt ti, dwyt ti ddim yn fab i fi, beth bynnag ddwedodd Dagmar wrthot ti.' Meddalodd y caledi yn ei lygaid. 'Fe gafodd fy mab ei ladd yn ystod gwrthryfel Thoth-Anaos, gyda'r Dywysoges.'

'Beth am eich marchogion?' gofynnodd Elai, gan ymladd i feddwl yn glir. 'Hyd yn oed os nad ydw i'n fab i chi, efallai i'r marchogion lwyddo i achub eich mab . . .'

'Na. Dwi'n gwybod ei fod e wedi'i ladd, am . . .'

'Manog!' Symudodd Marac o'r wal am y tro cynta. Cododd Manog ei law i'w dawelu.

'Gwell iddo fe wybod i sicrwydd, Marac, yn arben-nig wedi iddo fe fynd trwy gymaint.' Ochneidiodd Manog yn ddwfn. 'Dwi'n gwybod fod fy mab wedi'i ladd, am mai fi a'i lladdodd e. Roedd Thoth-Anaos wedi gwneud pethau erchyll iddo fe . . . doedd na ddim ffordd arall . . .'

Edrychodd y Tywysog ar Elai ac Anzig, ond gwelai drwyddyn nhw i ddigwyddiadau oedd wedi ei boenydio am ugain mlynedd. Symudodd Marac yn ôl i bwyso yn erbyn y wal unwaith eto. Wedi ysbaid o dawelwch llethol siaradodd Manog eto gan ymdrechu i ysgafnhau ei lais.

'Ar y pryd roedd nifer o'r Marchogion yn cuddio eu plant mewn pentrefi anghysbell, rhag ofn i'r Marchogion Tywyll gael gafael arnyn nhw . . . dyna beth ddigwyddodd i ti, mae'n siŵr . . .'

'A finne wedi meddwl mai dy fab di oedd e.'

Llenwodd y llais cras yr ystafell fach. Neidiodd Marac, Elai ac Anzig fel un dyn am eu harfau.

Llais Thoth-Anaos oedd yn llenwi'r ystafell.

Filltir oddi wrth waliau Caron, eisteddai Samhain wrth y tân bychan roedd wedi ei gynnau, ryw ganllath oddi ar y ffordd i'r ddinas. Porai'i geffyl wrth nant fechan; roedd y cyfrwy a'r ffrwyn wedi'u tynnu i ffwrdd a'u rhoi i orwedd wrth droed un o'r coed cyfagos.

Gorffennodd Samhain lanhau'r darn olaf o'i arfwisg a chlymodd ef i'w forddwyd yn ofalus cyn gwisgo'i helmed ddu.

Cododd ar ei draed a hongian ei ddagr a'i gleddyf ar ei wregys a haul canol y prynhawn yn disgleirio ar ei arfwisg.

Dechreuodd lafarganu geiriau'r lledrith.

Yn araf, yn yr ystafell fach yn y castell, dechreuodd rhan o'r wal y tu ôl i Marac drawsnewid. Cymylodd y cerrig, nes troi'r wal yn gwmwl niwlog o darth yn ymestyn o'r llawr i'r nenfwd. Tynhaodd Elai ei afael ar ei gleddyf; clywodd y gweddill yn ystwyrian wrth ei ymyl.

Yng nghanol y niwl, ffurfiodd siâp tywyllach wrth i'r tarth galedu o'i amgylch. Ymhen munud, roedd hi'n amlwg mai siâp dynol oedd yn ffurfio o'u blaenau ac adnabu Elai'r dyn ar unwaith, heb fawr o syndod.

Thoth-Anaos.

Camodd y dewin i'r ystafell a gwên faleisus ar ei wyneb.

'Dwi *yn* hoffi cyrraedd mewn steil,' meddai'n oeraidd. 'Mae'n gwneud *cymaint* o wahaniaeth.'

Prin y llwyddodd Elai ac Anzig i ddilyn trywaniad Marac tuag at Thoth-Anaos oherwydd symudai â chyflymdra wedi ei hogi mewn cannoedd o frwyd-rau a sgarmesoedd.

Ond roedd y dewin yn gyflymach.

Daliodd Thoth-Anaos lafn y cleddyf â'i law noeth a'i rwygo'n rhwydd o ddwylo Marac a'i daflu'n ôl tuag ato. Trodd blaen y cleddyf tuag at y marchog yn yr awyr a phlannu'i hun yn ddwfn ym mrest Marac. Heb sŵn, suddodd hwnnw'n araf i'r llawr.

Chwifiodd Thoth-Anaos ei law arall. Tagodd Amaron unwaith a chwympo'n ôl yn erbyn wal bella'r ystafell.

'Dyna wared arno fe,' meddai Thoth-Anaos yn watwarus. 'Doedd e'n fawr o ddewin, ond gwell gwneud yn siŵr. Rych chi'n deall yn iawn, mae'n siŵr. *Etiquette* proffesiynol. A'r gweddill ohonoch chi?'

Yn anfodlon, gollyngodd y tri arall eu harfau.

'Da iawn, fechgyn. O'r gore, Manog, beth am drafod termau?'

'Termau?' Edrychai Manog ar Marac; ei gyfaill gorau ers dros ddeng mlynedd ar hugain, wedi'i ddifa fel rhyw ddoli glwt. 'Pa dermau?' Teimlodd y dicter yn cynnau ynddo.

'Termau rhoi'r deyrnas i fi. Dwi wedi aros yn ddigon hir am goron Hyrcania. Mae'r amser wedi dod. Fe wastraffes i amser gyda hwn,' – gwenodd yn wawdlyd ar Elai – 'ond dyna ni, mae pawb yn gwneud camgymeriadau.'

'Ac eraill yn anghofio'u camgymeriadau eu hunain.'

Edrychodd Anzig a Manog yn bryderus ar Elai. Daliodd hwnnw i syllu i fyw llygaid oeraidd Thoth-Anaos. Culhaodd y llygaid hynny wrth astudio'r ymladdwr ifanc, haerllug o'i flaen.

'O'n wir? A pha gamgymeriadau fydde'r rheiny, Elai?' Er gwaethaf haerllugrwydd y dewin, roedd tinc o ofn wedi ymgripio i'w lais.

'Datgelu enw, yn un.'

'Pedraig!' Poerodd Thoth-Anaos y gair fel rheg, gan godi'i ddwylo yn sydyn. Heb oedi, ynganodd Elai'r gair roedd Pedraig wedi'i ddysgu iddo a theimlodd y gair dieithr, aflednais yn fudr yn ei geg. Diflannodd hynny o liw oedd arno o wyneb y dewin ond, yn arafach ac yn amlwg mewn poen y tro hwn, llwyddodd i godi ei ddwylo o'i flaen.

Teimlodd Elai afael anweledig o amgylch ei wddf a llafn miniog o boen yn dechrau gweithio'i ffordd i'w galon. Cochodd ei olwg ar amrantiaid ond ni fedrai symud er rhoi o'i holl ynni a'i ysbryd i ymdrechu i wrthwynebu hud y dewin. Ymladdodd i ynganu'r gair unwaith eto a llaciodd gafael y dewin fymryn am eiliad, cyn dechrau tynhau eto.

Dechreuodd cochni arall, cochni tywyllach, bygythiol, ymddangos ar gyrion golwg Elai. Yna, mewn cornel bell o'i ymwybyddiaeth, teimlodd rywbeth yn ei law, rhywbeth cyfarwydd. Gafaelodd yn dynn ynddo. Sibrydodd yr un gair unwaith eto cyn hyrddio'i hun tuag at y dewin a oedd erbyn hyn bron o'r golwg y tu ôl i niwl marwolaeth a ddisgynnai dros lygaid Elai.

Pennod 23

Agorodd Elai ei lygaid a gweld nenfwd yr ystafell uwch ei ben. Roedd Manog ac Anzig yn cyrcydu wrth ei ymyl.

'Elai? Wyt ti'n iawn?' gofynnodd Anzig.

Oedodd Elai cyn ateb, gan symud ei freichiau a'i goesau yn arbrofol. Dim poen. Dechrau da. Teimlai fymryn o afael Thoth-Anaos o amgylch ei wddf o hyd, ond dim byd i'w boeni'n ormodol.

'Ydw, dwi'n iawn,' meddai, wedi ei synnu rywfaint. 'Beth ddigwyddodd? Beth am Thoth-Anaos?'

'Gwell i ti godi ar dy eistedd i weld,' meddai Manog.

Roedd y wal y daeth y dewin drwyddi wedi caledi, gyda rhywbeth wedi ei ddal ynddi fel cleren mewn mêl. Astudiodd Elai'r creadur, y wyneb dieflig, creulon wedi ei rewi mewn poen, y dwylo'n grafangau milain.

Cododd Elai ar ei draed yn araf. 'Thoth-Anaos yw'r peth yna?'

'Fe newidiodd e pan drywanest ti e,' meddai Anzig. 'Llafn dy gleddyf yn anghytuno ag e, falle.'

'Fe laddes i Thoth-Anaos?' gofynnodd Elai'n syn.

'Ti oedd yn adrodd ei enw,' meddai Manog. 'Fe sylweddolais i'n sydyn dy fod ti'n adrodd ei enw . . .'

'Ei enw?'

'Man gwan pob cythraul. Ai Pedraig ddysgodd e i

ti?'

Amneidiodd Elai yn araf er mai prin y deallai. Syllodd ar y peth erchyll yn y wal. 'Wel, roedd hynny'n haws na'r disgwyl.'

'Unwaith dy fod ti'n gwybod ac yn dweud ei enw, fe elli di ladd cythraul, os wyt ti'n lwcus. Fe ddyfales i mai dyna roeddet ti'n ei wneud. Bydd yn ddiolchgar i'r duwiau. Rwyt ti'n lwcus dy fod ti'n un o Farchogion Arai neu . . .'

Stopiodd Manog ar ganol ei frawddeg a throi i edrych yn drist ar gorff Marac. Edrychodd Elai ar y corff, wedi ei osod i orwedd yn syth erbyn hyn, a'r cleddyf wedi ei dynnu allan o'i frest ac yn gorwedd wrth ei ochr.

'Fy ffrind gorau ers dros ddeng mlynedd ar hugain,' meddai Manog yn dawel. 'Ryn ni wedi gweld – fe welon ni gymaint, ac fe wnaethon ni gymaint gyda'n gilydd. Mae arna i 'mywyd ganwaith iddo fe.'

Safodd y tri'n llonydd am funud, yn y tawelwch llethol. Yna, wrth i Amaron ddechrau ystwyrian yng nghornel yr ystafell hyrddiwyd y drws ar agor. Rhuthrodd capten y garsiwn i mewn a hanner dwsin o filwyr ar ei sodlau.

'Dywysog! Fe glywon ni . . .' Pwyntiodd ei gleddyf at Elai. 'Ddynion, y ddau yna . . .'

'Na!' Atseiniodd llais Manog drwy'r ystafell. 'Na,' meddai'n dawelach, gan helpu Amaron ar ei draed, 'nid y rhain, ond hwnna.' Pwyntiodd at y cythraul yn y wal, cyn arwain Amaron i'r gadair wrth y bwrdd.

'Amaron?' gofynnodd Manog yn dawel.

'Dwi'n iawn, dwi'n iawn,' sibrydodd Amaron.

'Dwi'n teimlo cywilydd am dy fethu, Manog.'

Ysgydwodd Manog ei ben. 'Paid. Doedd na ddim y gallet ti fod wedi ei wneud.' Symudodd i godi cleddyf Elai o'r llawr a'i estyn iddo. 'Elai,' meddai'r Tywysog gan syllu ar gorff y cythraul, 'fedra i wneud dim i newid beth sydd wedi digwydd i ti yn fy enw i, ond os oes unrhyw beth rwyt ti ei eisiau, does ond angen i ti ofyn.

'Diolch, Dywysog.' Petrusodd Elai, wrth feddwl am Rahel yn gorwedd rhwng bywyd a marwolaeth yn ninas Pedraig. 'Does dim – dwi ond yn falch fod hyn i gyd drosodd o'r diwedd.' Edrychodd ar gorff y cythraul yn y wal a gyrrodd hynny iasau drwyddo. 'Nawr fod Thoth-Anaos wedi'i ladd, wel, does . . .'

Stopiodd yn sydyn. Roedd ei gleddyf wedi dechrau dirgrynu.

'Be sy'n bod?' Cododd Anzig ei fwyell o'r llawr a symud at Elai.

Roedd y cleddyf i'w weld yn dirgrynu'n amlwg erbyn hyn. O fewn ychydig eiliadau roedd yn ysgwyd yn wyllt ac Elai yn ymladd i'w reoli. Gydag arswyd yn eu llygaid, symudodd y capten a'r gwarchodwyr yn ôl wrth i olau llachar ddechrau llifo o'r llafn i bob cornel o'r ystafell.

'Be sy'n digwydd?' gofynnodd Manog.

'Dwi ddim yn gwybod,' atebodd Anzig rhwng ei ddannedd. 'Elai! Wyt ti'n 'y nghlywed i?'

Gallai Elai glywed Anzig yn iawn ond roedd yn defnyddio ei holl ynni i ymladd grym y cleddyf. Yn raddol, llenwodd yr ystafell â sŵn cwynfanllyd, fel pe bai'r cleddyf yn dechrau udo. Trodd yr udo'n sgrechian.

'Gollwng y cleddyf!' gwaeddodd Anzig, a'i lais ond

prin yn cario dros y sŵn. Symudodd Anzig a Manog at Elai, gan geisio'n ofer rwygo'r cleddyf o'i afael wrth i'r sgrechian droi'n llafarganu.

'Saaaamhhaaaaiiiin.'

Diflannodd Elai o'r ystafell.

Syllodd pawb yn hurt ar y man lle safasai Elai eiliad cynt.

'Samhain,' sibrydodd Anzig.

'Falle,' meddai Manog yn feddylgar. 'Amaron, wyt ti'n teimlo'n ddigon cryf i geisio ffeindio ma's ble'r aeth e?'

Ailymddangosodd realiti ar ffurf glaswellt.

Cwympodd Elai ar ei hyd ar y borfa, a'i stumog yn cyrraedd ychydig eiliadau yn ddiweddarach. Gwthiodd Elai'i hun i fyny rywfaint, mewn pryd i wacáu cynnwys ei stumog ar y glaswellt oddi tano. Fel pe bai'n disgwyl ei dro, dechreuodd cur milain forthwylio drwy'i ben.

Cododd Elai ar ei draed yn simsan wrth geisio adennill ei gydbwysedd bregus. Ceisiodd ganolbwyntio ar y siâp aneglur oedd yn agosáu'n gyflym.

Samhain.

Roedd ei weld yn ddigon i roi ychydig o drefn ar fyd niwlog Elai. A'i stumog yn troi, edrychodd am ei gleddyf. Wrth ei draed. Efallai fod y duwiau wedi trafferthu i edrych yn garedig arno heddiw wedi'r cyfan. Plygodd a chodi'r cleddyf; roedd pob cyhyr yn ei gorff yn protestio a'i stumog yn bygwth gwacáu unwaith eto.

Stopiodd Samhain ychydig lathenni i ffwrdd. Sylwodd Elai'n frysiog ar y tân, y coed, y ceffyl cyn edrych ar y marchog; yn ei arfwisg ddu, edrychai'n union fel y tro cyntaf hwnnw, ar y ffordd i'r pentre, amser maith, maith yn ôl.

Safodd y ddau'n llonydd, gan syllu ar ei gilydd. Gwyddai Elai mai gan Samhain roedd y fantais; fe oedd wedi rheoli'r sefyllfa, roedd yn llai blinedig – siŵr o fod – nag Elai ac yn fwy parod am sgarmes. Ymladd oedd y peth olaf ar feddwl Elai. Roedd gormod o waed wedi ei arllwys, gormod o bobl wedi'u lladd yn ddireswm, hyd yn oed os oedd yna reswm digonol dros farw'n bod; roedd Elai'n dechrau amau hynny. Teimlai Elai'r blinder cyfar-wydd hwnnw'n llifo drosto ac yn treiddio unwaith eto i fêr ei esgyrn.

'Elai.' Cymerodd Samhain gam yn agosach at Elai. Yn reddfol, paratôdd Elai i amddiffyn ei hun, gan nodi'n oeraidd esmwythder awtomatig y symudiad a'r cochni'n disgyn yn llen cysurus dros ei lygaid.

Ysgydwodd Samhain ei ben fymryn. 'Dwyt ti ddim yn edrych yn dda, Elai. Ddim digon da i ym-ladd, beth bynnag.'

'Dy ddewis di, Samhain.'

'Na, Elai, dy ddewis di.' Estynnodd Samhain ei law tuag at Elai. 'Gen ti mae'r allwedd i'r cyfan, Elai. Gen ti mae'r cleddyf.'

'Y cleddyf? Dyna i gyd?'

'Dyna i gyd.' Gostyngodd Samhain ei law.

Fedrai Elai ddim meddwl yn glir mwyach. O roi'r cleddyf yn ôl i Samhain . . . beth? Roedd ei feddwl yn sgrechian, yn ymbalfalu'n ofer am ryw synnwyr, rhyw ystyr y gallai ei brosesu, ei ddatrys.

Newidiodd Elai ei afael ar y cleddyf ac estyn y carn yn ofalus i Samhain.

Gafaelodd Samhain yn y carn gyda'i law chwith. Yn yr ennyd honno, ac am yr ennyd honno'n unig, fe wyddai Elai bopeth.

Gwyddai pwy oedd Samhain. Ond roedd hi'n rhy hwyr. Yn yr ennyd honno, ymddatododd byd Elai'n llwyr, un edefyn ar ôl y llall, yn freuddwydiol araf yn y cochni cyfarwydd.

Gafaelodd Samhain yng ngharn y cleddyf, a'i law dde'n estyn am y dagr ar ei wregys. Gollyngodd Elai ei afael ar y cleddyf a neidio ymlaen a bwrw llaw dde Samhain i ffwrdd gyda'i law chwith ei hun. Wrth i Samhain baratoi i drywanu Elai gyda'r cleddyf gafaelodd Elai yn y dagr a'i dynnu o'r wain.

Sylweddolodd Samhain ar unwaith fod Elai wedi ennill.

Gydag Elai'n rhy agos iddo fedru defnyddio'r cleddyf, ceisiodd Samhain, yn rhy hwyr, ei daro gyda'i ddwrn rhydd.

Gwthiodd Elai'r dagr yn ddwfn i wddf Samhain, rhwng yr helmed a'r llurig. Baglodd Samhain yn ôl, gan ymbalfalu am y dagr a'i dynnu allan. Safodd yn ei unfan am funud a gwaed yn llifo i lawr blaen y llurig ac yn tywyllu'r glaswellt wrth ei draed. Ymdrechodd i dynnu ei helmed i ffwrdd a'i ollwng. Syrthiodd Samhain i'w liniau yn araf, cyn cwympo ar ei wyneb.

Fferrodd gwaed Elai. Wyneb Samhain! Dduwiau mawr, ei wyneb!

Rhuthrodd draw at Samhain a'i droi ar ei gefn. Roedd y gwaed yn byrlymu'n swnllyd o'r clwyf yn ei wddf. Edrychodd Samhain drwy lygaid pŵl ar Elai ac ar y dagrau'n llifo i lawr ei wyneb.

'Samhain . . .' dechreuodd Elai.

Ond roedd Samhain y tu hwnt i bob siarad.

Daeth Anzig o hyd i Elai yn penlinio'n dawel wrth gorff Samhain.

Corff ei efaill.

Claddodd y ddau Samhain, gyda'i gleddyf, mewn carnedd isel o gerrig dan un o'r coed. Trodd Elai o'r garnedd i edrych gydag Anzig tuag at Garon a golau fflamgoch hudol y machlud yn fframio'r ddinas.

'Be wnei di nawr, Elai?' gofynnodd Anzig ymhen tipyn.

'Dychwelyd at Rahel. Ar ôl hynny . . . dwi ddim yn gwybod.' Syllodd Anzig ar yr wyneb y rhoddai'r machlud liw ffals iddo; roedd wyneb Elai wedi'i ddirdroi â galar ac yn edrych yn hŷn o lawer nag ugain oed. 'Dwi jest ddim yn deall. Os mai Samhain oedd fy efaill, pam y ceisiodd e . . .'

Gadawodd Elai'r cwestiwn ar ei hanner. Y cyswllt rhyngddo ef â Samhain. Gallu defnyddio'i gleddyf fel pe bai'n gleddyf wedi ei wneud yn arbennig i Elai. Samhain yn oedi cyn taflu'r ergyd farwol yn Amasteri.

'Elli di ddim gwybod,' meddai Anzig. 'Os oedd ochr dywyll Arai wedi ei gymryd, does dim modd i ti wybod beth oedd yn ei gymell.'

'Ond roedden ni'n frodyr. Be ydw i wedi'i wneud? Be sy gen i ar ôl? Fe leddais i fy mrawd, fy *efaill*. Does na ddim rheswm i'r peth!'

'Elai.' Roedd cadernid y tu ôl i'r addfwynder anghyfarwydd yn llais cras Anzig. 'Paid. Does dim y gelli di ei wneud. Dyw bywyd ddim fel'na. Elli di ddim esbonio popeth yn dwt ac yn daclus.'

'Ond be sy ar ôl i fi nawr?'

'Mae gen ti Rahel.'

'Rahel. Ac wedyn?'

'Beth arall wyt ti ei angen? Agor dy lygaid, Elai.' Lledodd y wên grwca ar draws wyneb Anzig unwaith eto. 'Ac, wrth gwrs, rwyt ti'n gwybod ble i fy ffeindio i unrhyw bryd. Mae'n siŵr y gallwn ni ffeindio rhywbeth i'w wneud.'

Agorodd llygaid Rahel yn araf.

'Fe ddest ti'n ôl,' sibrydodd.

Gwenodd Elai. Roedd Anzig yn iawn. Er gwaetha popeth, er gwaetha'r holl waed a'r tristwch, roedd gobaith yn llygaid Rahel.

Er mwyn Cain, ac er mwyn Samhain, gafaelodd yn dynn yn y gobaith hwnnw.

Mwy o lên cyfoes o'r Lolfa!

NEWYDD SBON!

Llais y Llosgwr

DAFYDD ANDREWS

Pan losgir tŷ haf ar gyrion ei bentref genedigol, mae Alun Ifans, na fu erioed yn ŵr o argyhoeddiad cryf, yn penderfynu ymchwilio i'r achos er mwyn ysgrifennu erthygl ar gyfer *Y Cymydog*, papur bro'r ardal. Ond mae e'n derbyn galwadau ffôn bygythiol gan rywun sy'n gwrthwynebu ei gynlluniau. Wrth geisio darganfod cymhelliad y Llais ar y ffôn, mae Alun yn dysgu fod deunydd ffrwydrol yn ei gymeriad ef ei hun hefyd.

0 86243 318 5

Pris £5.95

Stripio

MELERI WYN JAMES

Casgliad o storïau tro-yn-y-gynffon gan awdur newydd ifanc. Mae'r straeon yn wreiddiol a dyfeisgar a'r diweddglo bob tro yn rhoi ysgytwad i'r darllenydd.

0 86243 322 3

Pris £4.95

Titrwm

ANGHARAD TOMOS

Nofel anarferol sy'n llawn dirgelwch. Clymir y digwyddiadau at ei gilydd yn un gadwyn dyngedfennol sy'n arwain at anocheledd y drasiedi ar y diwedd. Adroddir y cyfan mewn iaith llawn barddoniaeth sy'n cyfareddu'r darllenydd.

0 86243 324 X

Pris £4.95

Cyw Haul

TWM MIALL

Argraffiad newydd o un o'n nofelau mwyaf poblogaidd. Breuddwyd Bleddyn yw rhyddid personol: un anodd ei gwireddu mewn pentref gwledig ar ddechrau'r saithdegau . . .

0 86243 169 7

Pris £4.95

Rhai teitlau eraill

Dan Leuad Llŷn

PENRI JONES

Clasur o nofel! Gyda sensitifrwydd craff, disgrifia'r awdur obaith a digalondid, afiaith a thristwch criw o bobl ifainc yn y Gymru gyfoes. Yn gefndir i'r digwyddiadau cyffrous mae panorama hardd Pen Llŷn, ond y cefndir ehangach yw Cymru gaeth a'i holl densiynau.

0 86243 028 3

Pris £4.95

Saith Pechod Marwol

MIHANGEL MORGAN

Casgliad o straeon byrion anghyffredin, gafaelgar, darllenadwy. Mae'r awdur
yn troi ein byd cyffyrddus, confensiynol wyneb i waered ac yn peri inni
ailystyried natur realiti a'r gwerthoedd sy'n sail i'n bywydau.

0 86243 304 5

Pris £5.95

Cardinal Ceridwen

MARCEL WILLIAMS

Sut y daeth brodor o Gwmtwrch i fod yn Tysul y Cyntaf, pab a phennaeth
Eglwys Rufain? Mae'r ateb yn y byd gwallgof, digrif, cnawdol-ysbrydol a
bwriadol sioclyd a ddisgrifir yn y nofel hon. Ynddi cyfunir stori afaelgar,
dychan ac adloniant pur.

0 86243 303 7

Pris £4.95

DIM OND detholiad bach o rai llyfrau diweddar a welir yma. Mae gennym
raglen lawn a chyffrous o nofelau a storïau newydd wrth gefn: gwyliwch y
wasg am fanylion. Am restr gyflawn o'n holl gyhoeddiadau cyfredol,
mynnwch gopi o'n Catalog newydd, sgleiniog, lliw llawn!

TALYBONT
CEREDIGION
SY24 5HE
ffôn (0970) 832 304
ffacs 832 782